Скверный анекдот

Федор Достоевский

Скверный анекдот

Copyright © 2022 Indo-European Publishing

ISNB: 978-1-64439-673-5

СОДЕРЖАНИЕ

СОДЕРЖАНИЕ

СКВЕРНЫЙ АНЕКДОТ

Этот скверный анекдот случился именно в то самое время, когда началось с такою неудержимою силою и с таким трогательно-наивным порывом возрождение нашего любезного отечества и стремление всех доблестных сынов его к новым судьбам и надеждам. Тогда, однажды зимой, в ясный и морозный вечер, впрочем часу уже в двенадцатом, три чрезвычайно почтенные мужа сидели в комфортной и даже роскошно убранной комнате, в одном прекрасном двухэтажном доме на Петербургской стороне и занимались солидным и превосходным разговором на весьма любопытную тему. Эти три мужа были все трое в генеральских чинах. Сидели они вокруг маленького столика, каждый в прекрасном, мягком кресле, и между разговором тихо и комфортно потягивали шампанское. Бутылка стояла тут же на столике в серебряной вазе со льдом. Дело в том, что хозяин, тайный советник Степан Никифорович Никифоров, старый холостяк лет шестидесяти пяти, праздновал свое новоселье в только что купленном доме, а кстати уж и день своего рождения, который тут же пришелся и который он никогда до сих пор не праздновал. Впрочем, празднование было не бог знает какое; как мы уже видели, было только двое гостей, оба прежние сослуживцы г-на Никифорова и прежние его подчиненные, а именно: действительный статский советник Семен Иванович Шипуленко и другой, тоже действительный статский советник, Иван Ильич Пралинский. Они пришли часов в девять, кушали чай, потом принялись за вино и знали, что ровно в половине двенадцатого им надо отправляться домой. Хозяин всю жизнь любил регулярность. Два слова о нем: начал он свою карьеру мелким необеспеченным чиновником, спокойно тянул канитель лет сорок пять сряду, очень хорошо знал, до чего дослужится, терпеть не мог хватать с неба звезды, хотя имел их уже две, и особенно не любил высказывать по какому бы то ни было поводу свое собственное личное мнение. Был он и честен, то есть ему не пришлось сделать чего-нибудь особенно

1

бесчестного; был холост, потому что был эгоист; был очень не глуп, но терпеть не мог выказывать свой ум; особенно не любил неряшества и восторженности, считая ее неряшеством нравственным, и под конец жизни совершенно погрузился в какой-то сладкий, ленивый комфорт и систематическое одиночество. Хотя сам он и бывает иногда в гостях у людей получше, но еще смолоду терпеть не мог гостей у себя, а в последнее время, если не раскладывал гранпасьянс, довольствовался обществом своих столовых часов и по целым вечерам невозмутимо выслушивал, дремля в креслах, их тиканье под стеклянным колпаком на камине. Наружности был он чрезвычайно приличной и выбритой, казался моложе своих лет, хорошо сохранился, обещал прожить еще долго и держался самого строгого джентльменства. Место у него было довольно комфортное: он где-то заседал и что-то подписывал. Одним словом, его считали превосходнейшим человеком. Была у него одна только страсть или, лучше сказать, одно горячее желанье: это — иметь свой собственный дом, и именно дом, выстроенный на барскую, а не на капитальную ногу. Желанье его наконец осуществилось: он приглядел и купил дом на Петербургской стороне, правда далеко, но дом с садом, и притом дом изящный. Новый хозяин рассуждал, что оно и лучше, если подальше: у себя принимать он не любил, а ездить к кому-нибудь или в должность — на то была у него прекрасная двухместная карета шоколадного цвету, кучер Михей и две маленькие, но крепкие и красивые лошадки. Всё это было благоприобретенное сорокалетней, копотливой экономией, так что сердце на всё это радовалось. Вот почему, приобретя дом и переехав в него, Степан Никифорович ощутил в своем спокойном сердце такое довольство, что пригласил даже гостей на свое рожденье, которое прежде тщательно утаивал от самых близких знакомых. На одного из приглашенных он имел даже особые виды. Сам он в доме занял верхний этаж, а в нижний, точно так же выстроенный и расположенный, понадобилось жильца. Степан Никифорович и рассчитывал на Семена Ивановича Шипуленко и в этот вечер даже два раза сводил разговор на эту тему. Но Семен Иванович на этот счет

2

отмалчивался. Это был человек тоже туго и долговременно пробивавший себе дорогу, с черными волосами и бакенбардами и с оттенком постоянного разлития желчи в физиономии. Был он женат, был угрюмый домосед, свой дом держал в страхе, служил с самоуверенностию, тоже прекрасно знал, до чего он дойдет, и еще лучше — до чего никогда не дойдет, сидел на хорошем месте и сидел очень крепко. На начинавшиеся новые порядки он смотрел хоть и не без желчи, но особенно не тревожился: он был очень уверен в себе и не без насмешливой злобы выслушивал разглагольствия Ивана Ильича Пралинского на новые темы. Впрочем, все они отчасти подвыпили, так что даже сам Степан Никифорович снизошел до господина Пралинского и вступил с ним в легкий спор о новых порядках. Но несколько слов о его превосходительстве господине Пралинском, тем более что он-то и есть главный герой предстоящего рассказа.

Действительный статский советник Иван Ильич Пралинский всего только четыре месяца как назывался вашим превосходительством, одним словом, был генерал молодой. Он и по летам был еще молод, лет сорока трех и никак не более, на вид же казался и любил казаться моложе. Это был мужчина красивый, высокого роста, щеголял костюмом и изысканной солидностью в костюме, с большим уменьем носил значительный орден на шее, умел еще с детства усвоить несколько великосветских замашек и, будучи холостой, мечтал о богатой и даже великосветской невесте. Он о многом еще мечтал, хотя был далеко не глуп. Подчас он был большой говорун и даже любил принимать парламентские позы. Происходил он из хорошего дома, был генеральский сын и белоручка, в нежном детстве своем ходил в бархате и батисте, воспитывался в аристократическом заведении и хоть вынес из него не много познаний, нона службе успел и дотянул до генеральства. Начальство считало его человеком способным и даже возлагало на него надежды. Степан Никифорович, под началом которого он и начал и продолжал свою службу почти до самого генеральства, никогда не считал его за человека весьма делового ц надежд на него не возлагал никаких. Но ему нравилось, что он из хорошего дома, имеет состояние, то есть большой капитальный дом с управителем, сродни не последним людям и, сверх того, обладает осанкой. Степан Никифорович хулил его про себя за избыток воображения и легкомыслие. Сам Иван Ильич чувствовал иногда, что он слишком самолюбив и даже щекотлив. Странное дело: подчас на него находили припадки какой-то болезненной совестливости и даже легкого в чем-то раскаянья. С горечью и с тайной занозой в душе сознавался он иногда, что вовсе не так высоко летает, как ему думается. В эти минуты он даже впадал в какое-то уныние, особенно когда разыгрывался его геморрой, называл свою жизнь une existence manquée [неудавшейся жизнью (франц.)], переставал верить, разумеется про себя, даже в свои парламентские способности, называя себя парлером, фразером, и хотя всё это, конечно, приносило ему много чести, но отнюдь не мешало через полчаса опять подымать свою голову и тем упорнее, тем заносчивее ободряться и уверять себя, что он еще успеет проявиться и будет не только сановником, но даже государственным мужем, которого долго будет помнить Россия. Даже мерещились ему подчас монументы. Из этого видно, что Иван Ильич хватал высоко, хотя и глубоко, даже с некоторым страхом, таил про себя свои неопределенные мечты и надежды. Одним словом, человек он был добрый и даже поэт в душе. В последние годы болезненные минуты разочарованья стали было чаще посещать его. Он сделался как-то особенно раздражителен, мнителен и всякое возражение готов был считать за обиду. Но обновляющаяся Россия подала ему вдруг большие надежды. Генеральство их довершило. Он воспрянул; он поднял голову. Он вдруг начал говорить красноречиво и много, говорить на самые новые темы, которые чрезвычайно быстро и неожиданно усвоил себе до ярости. Он искал случая говорить, ездил по городу и во многих местах успел прослыть отчаянным либералом, что очень ему льстило. В этот же вечер, выпив бокала четыре, он особенно разгулялся. Ему захотелось переубедить во всем Степана Никифоровича, которого он перед этим давно не видал и которого до сих пор всегда уважал

4

и даже слушался. Он почему-то считал его ретроградом и напал на него с необыкновенным жаром. Степан Никифорович почти не возражал, а только лукаво слушал, хотя тема интересовала его. Иван Ильич горячился и в жару воображаемого спора чаще, чем бы следовало, пробовал из своего бокала. Тогда Степан Никифорович брал бутылку и тотчас же добавлял его бокал, что, неизвестно почему, начало вдруг обижать Иван Ильича, тем более что Семен Иваныч Шипуленко, которого он особенно презирал и, сверх того, даже боялся за цинизм и за злость его, тут же сбоку прековарно молчал и чаще, чем бы следовало, улыбался. "Они, кажется, принимают меня за мальчишку", — мелькнуло в голове Ивана Ильича.

— Нет-с, пора, давно уж пора было, — продолжал он с азартом. — Слишком опоздали-с, и, на мой взгляд, гуманность первое дело, гуманность с подчиненными, памятуя, что и они человеки. Гуманность всё спасет и всё вывезет...

— Хи-хи-хи-хи! — послышалось со стороны Семена Ивановича.

— Да что же, однако ж, вы нас так распекаете, — возразил наконец Степан Никифорович, любезно улыбаясь. — Признаюсь, Иван Ильич, до сих пор не могу взять в толк, что вы изволили объяснять. Вы выставляете гуманность. Это значит человеколюбие, что ли?

— Да, пожалуй, хоть и человеколюбие. Я...

— Позвольте-с. Сколько могу судить, дело не в одном этом. Человеколюбие всегда следовало. Реформа же этим не ограничивается. Поднялись вопросы крестьянские, судебные, хозяйственные, откупные, нравственные и... и... и без конца их, этих вопросов, и всё вместе, всё разом может породить большие, так сказать, колебанья. Вот мы про что опасались, а не об одной гуманности...

— Да-с, дело поглубже-с, — заметил Семен Иванович.

— Очень понимаю-с, и позвольте вам заметить, Семен Иванович, что я отнюдь не соглашусь отстать от вас в глубине понимания вещей, — язвительно и чересчур резко заметил Иван Ильич, — но, однако ж, все-таки возьму на себя смелость заметить и вам, Степан Никифорович, что вы тоже меня вовсе не поняли...

— Не понял.

— А между тем я именно держусь и везде провожу идею, что гуманность, и именно гуманность с подчиненными, от чиновника до писаря, от писаря до дворового слуги, от слуги до мужика, — гуманность, говорю я, может послужить, так сказать, краеугольным камнем предстоящих реформ и вообще к обновлению вещей. Почему? Потому. Возьмите силлогизм: я гуманен, следовательно, меня любят. Меня любят, стало быть, чувствуют доверенность. Чувствуют доверенность, стало быть, веруют; веруют, стало быть, любят... то есть нет, я хочу сказать, если веруют, то будут верить и в реформу, поймут, так сказать, самую суть дела, так сказать, обнимутся нравственно и решат всё дело дружески, основательно. Чего вы смеетесь, Семен Иванович? Непонятно?

Степан Никифорович молча поднял брови; он удивлялся.

— Мне кажется, я немного лишнее выпил, — заметил ядовито Семен Иваныч, — а потому и туг на соображение. Некоторое затмение в уме-с.

Ивана Ильича передернуло.

— Не выдержим, — произнес вдруг Степан Никифорыч после легкого раздумья.

— То есть как это не выдержим? — спросил Иван Ильич, удивляясь внезапному и отрывочному замечанию Степана Никифоровича.

— Так, не выдержим. — Степан Никифорович, очевидно, не хотел распространяться далее.

— Это вы уж не насчет ли нового вина и новых мехов? — не без иронии возразил Иван Ильич. — Ну, нет-с; за себя-то уж я отвечаю.

В эту минуту часы пробили половину двенадцатого.

— Сидят-сидят да и едут, — сказал Семен Иваныч, приготовляясь встать с места. Но Иван Ильич предупредил его, тотчас встал из-за стола и взял с камина свою соболью шапку. Он смотрел как обиженный.

— Так как же, Семен Иваныч, подумаете? — сказал Степан Никифорович, провожая гостей.

— Насчет квартирки-то-с? Подумаю, подумаю-с.

— А что надумаете, так уведомьте поскорее.

— Всё о делах? — любезно заметил господин Пралинский с некоторым заискиванием и поигрывая своей шапкой. Ему показалось, что его как будто забывают.

Степан Никифорович поднял брови и молчал в знак того, что не задерживает гостей. Семен Иваныч торопливо откланялся.

"А... ну... после этого как хотите... коли не понимаете простой любезности", — решил про себя господин Пралинский и как-то особенно независимо протянул руку Степану Никифоровичу.

В передней Иван Ильич закутался в свою легкую дорогую шубу, стараясь для чего-то не замечать истасканного енота Семена Иваныча, и оба стали сходить с лестницы.

— Наш старик как будто обиделся, — сказал Иван Ильич молчавшему Семену Иванычу.

— Нет, отчего же? — отвечал тот спокойно и холодно.

"Холоп!" — подумал про себя Иван Ильич.

Сошли на крыльцо, Семену Иванычу подали его сани с серым неказистым жеребчиком.

— Кой черт! Куда же Трифон девал мою карету! — вскричал Иван Ильич, не видя своего экипажа.

Туда-сюда — кареты не было. Человек Степана Никифоровича не имел об ней понятия. Обратились к Варламу, кучеру Семена Иваныча, и получили в ответ, что всё стоял тут, и карета тут же была, а теперь вот и нет.

— Скверный анекдот! — произнес господин Шипуленко, — хотите, довезу?

— Подлец народ! — с бешенством закричал господин Пралинский. — Просился у меня, каналья, на свадьбу, тут же на Петербургской, какая-то кума замуж идет, черт ее дери. Я настрого запретил ему отлучаться. И вот бьюсь об заклад, что он туда уехал!

— Он действительно, — заметил Варлам, — поехал туда-с;

да обещал в одну минуту обернуться, к самому то есть времени быть.

— Ну так! Я как будто предчувствовал! Уж я ж его!

— А вы лучше посеките его хорошенько раза два в части, вот он и будет исполнять приказанья, — сказал Семен Иваныч, уже закрываясь полостью.

— Пожалуйста, не беспокойтесь, Семен Иваныч!

— Так не хотите, довезу.

— Счастливый путь, merci.[1]

Семен Иваныч уехал, а Иван Ильич пошел пешком по деревянным мосткам, чувствуя себя в довольно сильном раздражении.

"Нет уж, я ж тебя теперь, мошенник! Нарочно пешком пойду, чтоб ты чувствовал, чтоб ты испугался! Воротится и узнает, что барин пешком пошел... мерзавец!"

Иван Ильич никогда еще так не ругался, но уж очень он был разбешен, и вдобавок в голове шумело. Он был человек непьющий, и потому какие-нибудь пять-шесть бокалов скоро подействовали. Но ночь была восхитительная. Было морозно, но необыкновенно тихо и безветренно. Небо было ясное, звездное. Полный месяц обливал землю матовым серебряным блеском. Было так хорошо, что Иван Ильич, пройдя шагов пятьдесят, почти забыл о беде своей. Ему становилось как-то особенно приятно. К тому же люди под хмельком быстро меняют впечатления. Ему даже начали нравиться невзрачные деревянные домики пустынной улицы.

"А ведь и славно, что я пешком пошел, — думал он про себя, — и Трифону урок, да и мне удовольствие. Право, надо чаще ходить пешком. Что ж? На Большом проспекте я тотчас найду извозчика. Славная ночь! Какие тут всё домишки. Должно быть, мелкота живет, чиновники... купцы, может быть... этот Степан Никифорович! и какие все они ретрограды, старые колпаки! Именно колпаки, c'est le mot.[2] Впрочем, он

---

[1] спасибо (франц.).

[2] хорошо сказано (франц.).

умный человек; есть этот bon sens,[3] трезвое, практическое понимание вещей. Но зато старики, старики! Нет этого... как бишь его! Ну да чего-то нет... Не выдержим! Что он этим хотел сказать? Даже задумался, когда говорил. Он, впрочем, меня совсем не понял. А и как бы не понять? Труднее не понять, чем понять. Главное то, что я убежден, душою убежден. Гуманность... человеколюбие. Возвратить человека самому себе... возродить его собственное достоинство и тогда... с готовым матерьялом приступайте к делу. Кажется, ясно! Да-с! Уж это позвольте, ваше превосходительство, возьмите силлогизм: мы встречаем, например, чиновника, чиновника бедного, забитого. "Ну... кто ты?" Ответ: "Чиновник". Хорошо, чиновник; далее: "Какой ты чиновник?" Ответ: такой-то, дескать, и такой-то чиновник. "Служишь?" — "Служу!" — "Хочешь быть счастлив?" — "Хочу". — "Что надобно для счастья?" То-то и то-то. "Почему?" Потому... И вот человек меня понимает с двух слов: человек мой, человек уловлен, так сказать, сетями, и я делаю с ним всё, что хочу, то есть для его же блага. Скверный человек этот Семен Иваныч! И какая у него скверная рожа... Высеки в части, — это он нарочно сказал. — Нет, врешь, сам секи, а я сечь не буду; я Трифона словом дойму, попреком дойму, вот он и будет чувствовать. Насчет розог, гм... вопрос нерешенный, гм... А не заехать ли к Эмеранс? Фу ты, черт, проклятые мостки! — вскрикнул он, вдруг оступившись. — И это столица! Просвещение! Можно ногу сломать. Гм. Ненавижу я этого Семена Иваныча; препротивная рожа. Это он надо мной давеча хихикал, когда я сказал: обнимутся нравственно. Ну и обнимутся, а тебе что за дело? Уж тебя-то не обниму; скорей мужика... Мужик встретится, и с мужиком поговорю. Впрочем, я был пьян и, может быть, не так выражался. Я и теперь, может быть, не так выражаюсь... Гм. Никогда не буду пить. С вечеру наболтаешь, а назавтра раскаиваешься. Что ж, я ведь, не шатаясь, иду... А впрочем, все они мошенники!"

---

[3] здравый смысл (франц.).

Так рассуждал Иван Ильич, отрывочно и бессвязно, продолжая шагать по тротуару. На него подействовал свежий воздух и, так сказать, раскачал его. Минут через пять он бы успокоился и захотел спать. Но вдруг, почти в двух шагах от Большого проспекта, ему послышалась музыка. Он огляделся. На другой стороне улицы в очень ветхом одноэтажном, но длинном деревянном доме задавался пир горой, гудели скрипки, скрипел контрбас и визгливо заливалась флейта на очень веселый кадрильный мотив. Под окнами стояла публика, больше женщины в ватных салопах и в платках на голове; они напрягали все усилия, чтобы разглядеть что-нибудь сквозь щели ставен. Видно, весело было. Гул от топота танцующих достигал другой стороны улицы. Иван Ильич невдалеке от себя заметил городового и подошел к нему.

— Чей это, братец, дом? — спросил он, немного распахивая свою дорогую шубу, ровно настолько, чтобы городовой мог заметить значительный орден на шее.

— Чиновника Пселдонимова, легистратора, — отвечал, выпрямившись, городовой, мигом успевший разглядеть отличие.

— Пселдонимова? Ба! Пселдонимова!.. Что ж он? женится?

— Женится, ваше высокородие, на титулярного советника дочери. Млекопитаев, титулярный советник... в управе служил. Этот дом за невестой ихней идет-с.

— Так что теперь уж это Пселдонимова, а не Млекопитаева дом?

— Пселдонимова, ваше высокородие. Млекопитаева был, а теперь Пселдонимова.

— Гм. Я потому тебя, братец, спрашиваю, что я начальник его. Я генерал над тем самым местом, где Пселдонимов служит.

— Точно так, ваше превосходительство. — Городовой вытянулся окончательно, а Иван Ильич как будто задумался. Он стоял и соображал...

Да, действительно Пселдонимов был из его ведомства, из самой его канцелярии; он припоминал это. Это был маленький чиновник, рублях на десяти в месяц жалованья. Так как господин Пралинский принял свою канцелярию еще очень недавно, то мог и не помнить слишком подробно всех своих подчиненных, но Пселдонимова он помнил, именно по случаю его фамилии. Она бросилась ему в глаза с первого разу, так что он тогда же полюбопытствовал взглянуть на обладателя такой фамилии повнимательнее. Он припомнил теперь еще очень молодого человека, с длинным горбатым носом, с белобрысыми и клочковатыми волосами, худосочного и худо выкормленного, в невозможном вицмундире и в невозможных даже до неприличия невыразимых. Он помнил, как у него тогда же мелькнула мысль: не определить ли бедняку рублей десяток к празднику для поправки? Но так как лицо этого бедняка было слишком постное, а взгляд крайне несимпатичный, даже возбуждающий отвращение, то добрая мысль сама собой как-то испарилась, так что Пселдонимов и остался без награды. Тем сильнее изумил его этот же самый Пселдонимов не более как неделю назад своей просьбой жениться. Иван Ильич помнил, что ему как-то не было времени заняться этим делом подробнее, так что дело о свадьбе решено было слегка, наскоро. Но все-таки он с точностию припоминал, что за невестой своей Пселдонимов берет деревянный дом и четыреста рублей чистыми деньгами; это обстоятельство тогда же его удивило; он помнил, что даже слегка сострил над столкновением фамилий Пселдонимова и Млекопитаевой. Он ясно припоминал всё это.

Припоминал он и всё более и более раздумывался. Известно, что целые рассуждения проходят иногда в наших головах мгновенно, в виде каких-то ощущений, без перевода на человеческий язык, тем более на литературный. Но мы постараемся перевесть все эти ощущения героя нашего и представить читателю хотя бы только сущность этих ощущений, так сказать, то, что было в них самое необходимое и правдоподобное. Потому что ведь многие из ощущений наших, в переводе на обыкновенный язык, покажутся совершенно неправдоподобными. Вот почему они никогда и на свет не являются, а у всякого есть. Разумеется, ощущения и мысли Ивана Ильича были немного бессвязны. Но ведь вы знаете причину.

"Что же! — мелькало в его голове, — вот мы все говорим, говорим, а коснется до дела, и только шиш выходит. Вот пример, хоть бы этот самый Пселдонимов: он приехал давеча от венца в волнении, в надежде, ожидая вкусить... Это один из блаженнейших дней его жизни... Теперь он возится с гостями, задает пир — скромный, бедный, но веселый, радостный, искренний... Что ж, если б он узнал, что в эту самую минуту я, я, его начальник, его главный начальник, тут же стою у его дома и слушаю его музыку! А и в самом деле, что бы с ним было? Нет, что бы с ним было, если б я теперь же вдруг взял и вошел? гм... Разумеется, сначала он испугался бы, онемел бы от замешательства. Я помешал бы ему, я расстроил бы, может быть, всё... Да, так и было бы, если б вошел всякий другой генерал, но не я... В том-то и дело, что всякий, да только не я...

Да, Степан Никифорович! Вот вы не понимали меня давеча, а вот вам и готовый пример.

Да-с. Мы все кричим о гуманности, но героизма, подвига мы сделать не в состоянии.

Какого героизма? Такого. Рассудите-ка: при теперешних отношениях всех членов общества мне, мне войти в первом часу ночи на свадьбу своего подчиненного, регистратора, на десяти рублях, да ведь это замешательство, это — коловращенье идей, последний день Помпеи, сумбур! Этого никто не поймет. Степан Никифорович умрет — не поймет. Ведь сказал же он: не выдержим. Да, но это вы, люди старые, люди паралича и косности, а я вы-дер-жу! Я обращу последний день Помпеи в сладчайший день для моего подчиненного, и поступок дикий — в нормальный, патриархальный, высокий и нравственный. Как? Так. Изволье прислушать...

Ну... вот я, положим, вхожу: — они изумляются, прерывают танцы, смотрят дико, пятятся. Так-с, но тут-то я и выказываюсь: я прямо иду к испуганному Пселдонимову и с самой ласковой улыбкой, так-таки в самых простых словах говорю: "Так и так, дескать, был у его превосходительства Степана Никифоровича. Полагаю, знаешь, здесь, по соседству... " Ну, тут слегка, в смешном этак виде, рассказываю приключение с Трифоном. От Трифона перехожу к тому, как пошел пешком... "Ну — слышу музыку, любопытствую у городового и узнаю, брат, что ты женишься. Дай, думаю, зайду к подчиненному, посмотрю, как мои чиновники веселятся и... женятся. Ведь не прогонишь же ты меня, полагаю!" Прогонишь! Каково словечко для подчиненного. Какой уж тут черт прогонишь! Я думаю, он с ума сойдет, со всех ног кинется меня в кресло сажать, задрожит от восхищенья, не сообразится даже на первый раз!..

Ну, что может быть проще, изящнее такого поступка! Зачем я вошел? Это другой вопрос! Это уже, так сказать, нравственная сторона дела. Вот тут-то и сок!

Гм... Об чем, бишь, я думал? Да!

Ну уж, конечно, они меня посадят с самым важным гостем, какой-нибудь там титулярный али родственник, отставной штабс-капитан с красным носом... Славно этих оригиналов Гоголь описывал. Ну знакомлюсь, разумеется, с молодой, хвалю ее, ободряю гостей. Прошу их не стесняться, веселиться, продолжать танцы, острю, смеюсь, одним словом — я любезен и мил. Я всегда любезен и мил, когда доволен собой... Гм... то-то и есть, что я всё еще, кажется, немного того... то есть не пьян, а так...

...Разумеется, я, как джентльмен, на равной с ними ноге и отнюдь не требую каких-нибудь особенных знаков... Но нравственно, нравственно дело другое: они поймут и оценят... Мой поступок воскресит в них всё благородство... Ну и сижу полчаса... Даже час. Уйду, разумеется, перед самым ужином, а уж они-то захлопочут, напекут, нажарят, в пояс кланяться будут, но я только выпью бокал, поздравлю, а от ужина откажусь. Скажу: дела. И уж только что я произнесу "дела", у всех тотчас же станут почтительно строгие лица. Этим я деликатно напомню, что они и я — это разница-с. Земля и небо. Я не то чтобы хотел это внушать, но надо же... даже в нравственном смысле необходимо, что уж там ни говори. Впрочем, я тотчас же улыбнусь, даже посмеюсь, пожалуй, и мигом все ободрятся... Пошучу еще раз с молодой; гм... даже вот что: намекну, что приду опять ровнешенько через девять месяцев в качестве кума, хе-хе! А она, верно, родит к тому времени. Ведь они плодятся, как кролики. Ну и все захохочут, молодая покраснеет; я с чувством поцелую ее в лоб, даже благословлю ее и... и назавтра в канцелярии мой подвиг уже известен. Назавтра я опять строг, назавтра я опять взыскателен, даже неумолим, но все они уже знают, кто я такой. Душу мою знают, суть мою знают: "Он строг как начальник, но как человек — он ангел!" И вот я победил; я уловил каким-нибудь одним маленьким поступком, которого вам и в голову не придет; они уж мои; я отец, они дети... Ну-тка, ваше превосходительство, Степан Никифорович, подите-ка сделайте эдак...

...Да знаете ли вы, понимаете ли, что Пселдонимов будет детям своим поминать, как сам генерал пировал и даже пил на его свадьбе! Да ведь эти дети будут своим детям, а те своим внукам рассказывать, как священнейший анекдот, что сановник, государственный муж (а я всем этим к тому времени буду) удостоил их... и т. д. и т. д. Да ведь я униженного нравственно подыму, я самому себе его возвращу... Ведь он десять рублей в месяц жалованья получает!.. Да ведь повтори я это раз пять, али десять, али что-нибудь в этом же роде, так повсеместную популярность приобрету... У всех в сердцах буду напечатлен, и ведь черт один знает, что из этого потом может выйти, из популярности-то!.."

Так или почти так рассуждал Иван Ильич (господа, мало ли что человек говорит иногда про себя, да еще несколько в эксцентрическом состоянии). Все эти рассуждения промелькнули в его голове в какие-нибудь полминуты, и, конечно, он, может, и ограничился бы этими мечтаньицами и, мысленно пристыдив Степана Никифоровича, преспокойно отправился бы домой и лег спать. И славно бы сделал! Но вся беда в том, что минута была эксцентрическая.

Как нарочно, вдруг, в это самое мгновение в настроенном воображении его нарисовались самодовольные лица Степана Никифоровича и Семена Ивановича.

— Не выдержим! — повторил Степан Никифорович, свысока улыбаясь.

— Хи-хи-хи! — вторил ему Семен Иванович своей самой прескверной улыбкой.

— А вот и посмотрим, как не выдержим! — решительно сказал Иван Ильич, и даже жар бросился ему в лицо. Он сошел с мостков и твердыми шагами прямо направился через улицу в дом своего подчиненного, регистратора Пселдонимова.

Звезда увлекала его. Он бодро вошел в отпертую калитку и с презрением оттолкнул ногой маленькую, лохматую и осипшую шавку, которая, более для приличия, чем для дела, бросилась к нему с хриплым лаем под ноги. По деревянной настилке дошел он до крытого крылечка, будочкой выходившего на двор, и по трем ветхим деревянным ступенькам поднялся в крошечные сени. Тут хоть и горел где-то в углу сальный огарок или что-то вроде плошки, но это не помешало Ивану Ильичу, так, как есть, в калошах, попасть левой ногой в галантир, выставленный для остужения. Иван Ильич нагнулся и, посмотрев с любопытством, увидел, что тут стоят еще два блюда с каким-то заливным, да еще две формы, очевидно, с бламанже. Раздавленный галантир его было сконфузил, и на одно самое маленькое мгновение у него промелькнула мысль: не улизнуть ли сейчас же? Но он почел это слишком низким. Рассудив, что никто не видал и на него уж никак не подумают, он поскорее обтер калошу, чтобы скрыть все следы, нащупал обитую войлоком дверь, растворил ее и очутился в премаленькой передней. Одна половина ее была буквально завалена шинелями, бекешами, салопами, капорами, шарфами и калошами. В другой расположились музыканты: две скрипки, флейта и контрбас, всего четыре человека, взятые, разумеется, с улицы. Они сидели за некрашеным деревянным столиком, при одной сальной свечке, и во всю ивановскую допиливали последнюю фигуру кадрили. Из отпертой двери в залу можно было разглядеть танцующих, в пыли, в табаке и в чаду. Было как-то бешено весело. Слышался хохот, крики и дамские взвизги. Кавалеры топали, как эскадрон лошадей. Над всем содомом звучала команда распорядителя танцев, вероятно, чрезвычайно развязного и даже расстегнувшегося человека: "Кавалеры вперед, шен де дам, балансе!" и проч., и проч. Иван Ильич в некотором

15

волнении сбросил с себя шубу и калоши и с шапкой в руке вошел в комнату. Впрочем, он уж и не рассуждал...

В первую минуту его никто не заметил: все доплясывали кончавшийся танец. Иван Ильич стоял как оглушенный и ничего подробно не мог разглядеть в этой каше. Мелькали дамские платья, кавалеры с папиросами в зубах... Мелькнул светло-голубой шарф какой-то дамы, задевший его по носу. За ней в бешеном восторге промчался медицинский студент с разметанными вихрем волосами и сильно толкнул его по дороге. Мелькнул еще перед ним, длинный как верста, офицер какой-то команды. Кто-то неестественно визгливым голосом прокричал, пролетая и притопывая вместе с другими: "Э-э-эх, Пселдонимушка!" Под ногами Ивана Ильича было что-то липкое: очевидно, пол навощили воском. В комнате, впрочем не очень малой, было человек до тридцати гостей.

Но через минуту кадриль кончилась, и почти тотчас же произошло то же самое, что представлялось Ивану Ильичу, когда он еще мечтал на мостках. По гостям и танцующим, еще не успевшим отдышаться и обтереть с лица пот, прошел какой-то гул, какой-то необыкновенный шепот. Все глаза, все лица начали быстро оборачиваться к вошедшему гостю. Затем все тотчас же стали понемногу отступать и пятиться. Незамечавших дергали за платье и образумливали. Они оглядывались и тотчас же пятились вместе с прочими. Иван Ильич всё еще стоял в дверях, не двигаясь ни шагу вперед, а между ним и гостями всё более и более очищалось открытое пространство, усеянное на полу бесчисленными конфетными бумажками, билетиками и окурками папирос. Вдруг в это пространство робко выступил молодой человек, в вицмундире, с вихроватыми, белокурыми волосами и с горбатым носом. Он подвигался вперед, согнувшись и смотря на неожиданного гостя совершенно с таким же точно видом, с каким собака смотрит на своего хозяина, зовущего ее, чтоб дать ей пинка.

— Здравствуй, Пселдонимов, узнаешь?.. — сказал Иван Ильич и в то же мгновение почувствовал, что он это ужасно неловко сказал; он почувствовал тоже, что, может быть, делает в эту минуту страшнейшую глупость.

16

— В-в-ваше прево-сходительство!.. — пробормотал Пселдонимов.

— Ну, то-то. Я, брат, к тебе совершенно случайно зашел, как, вероятно, ты и сам можешь это себе представить...

Но Пселдонимов, очевидно, ничего не мог представить. Он стоял, выпучив глаза, в ужасающем недоумении.

— Ведь не прогонишь же ты меня, полагаю... Рад не рад, а гостя принимай!.. — продолжал Иван Ильич, чувствуя, что конфузится до неприличной слабости, желает улыбнуться, но уже не может; что юмористический рассказ о Степане Никифоровиче и Трифоне становится всё более и более невозможным. Но Пселдонимов, как нарочно, не выходил из столбняка и продолжал смотреть с совершен но дурацким видом. Ивана Ильича передернуло, он чувствовал, что еще одна такая минута, и произойдет невероятный сумбур.

— Я уж не помешал ли чему... я уйду! — едва выговорил он, и какая-то жилка затрепетала у правого края его губ...

Но Пселдонимов уже опомнился...

— Ваше превосходительство, помилуйте-с... Честь. — бормотал он, уторопленно кланяясь, — удостойте присесть-с... — И еще более очнувшись, он обеими руками указывал ему на диван, от которого для танцев отодвинули стол...

Иван Ильич отдохнул душою и опустился на диван; тотчас же кто-то кинулся придвигать стол. Он бегло осмотрелся и заметил, что он один сидит, а все другие стоят, даже дамы. Признак дурной. Но напоминать и ободрять было еще не время. Гости всё еще пятились, а перед ним, скрючившись, стоял всё еще один только Пселдонимов, всё еще ничего не понимающий и далеко не улыбающийся. Было скверно, короче: в эту минуту наш герой вынес столько тоски, что действительно его гарун-аль-рашидское нашествие, ради принципа, к подчиненному могло бы почесться подвигом. Но вдруг какая-то фигурка очутилась подле Пселдонимова и начала кланяться. К невыразимому своему удовольствию и даже счастью, Иван Ильич тотчас же распознал столоначальника из своей канцелярии, Акима Петровича Зубикова, с которым он хоть, конечно, и не был знаком, но знал его за дельного и бессловесного чиновника. Он немедленно встал и протянул Акиму Петровичу руку, всю руку, а не два пальца. Тот принял ее обеими ладонями в глубочайшем почтении. Генерал торжествовал; всё было спасено.

И действительно, теперь уже Пселдонимов был, так сказать, не второе, а уже третье лицо. С рассказом можно было обратиться прямо к столоначальнику, за нужду приняв его за знакомого и даже короткого, а Пселдонимов тем временем мог только молчать и трепетать от благоговения. Следственно, приличия были соблюдены. А рассказ был необходим; Иван Ильич это чувствовал; он видел, что все гости ожидают чего-то, что в обеих дверях столпились даже все домочадцы и чуть не взлезают друг на друга, чтоб его поглядеть и послушать. Скверно было то, что столоначальник, по глупости своей, всё еще не садился.

— Что же вы! — проговорил Иван Ильич, неловко указывая ему подле себя на диване.

— Помилуйте-с... я и здесь-с... — и Аким Петрович быстро сел на стул, подставленный ему почти на лету упорно остававшимся на ногах Пселдонимовым.

— Можете себе представить случай, — начал Иван Ильич, обращаясь исключительно к Акиму Петровичу несколько дрожащим, но уже развязным голосом. Он даже растягивал и разделял слова, ударял на слоги, букву а стал выговаривать как-то на э, одним словом, сам чувствовал и сознавал, что кривляется, но уже совладать с собою не мог; действовала какая-то внешняя сила. Он ужасно много и мучительно сознавал в эту минуту.

— Можете себе представить, я только что от Степана Никифоровича Никифорова, слышали, может быть, тайный советник. Ну... в этой комиссии...

Аким Петрович почтительно нагнулся всем корпусом вперед: "Дескать, как не слыхать-с".

— Он теперь твой сосед, — продолжал Иван Ильич, на один миг, для приличия и для непринужденности, обращаясь к Пселдонимову, но быстро отворотился, увидав тотчас же по глазам Пселдонимова, что тому это решительно всё равно.

— Старик, как вы знаете, бредил всю жизнь купить себе дом... Ну и купил. И прехорошенький дом. Да... А тут и его рождение сегодня подошло, и ведь никогда прежде не праздновал, даже таил от нас, отнекивался по скупости, хе-хе! а теперь так обрадовался новому дому, что пригласил меня и Семена Ивановича. Знаете: Шипуленко.

Аким Петрович опять нагнулся. С усердием нагнулся! Иван Ильич несколько утешился. А то уж ему приходило в голову, что столоначальник, пожалуй, догадывается, что он в эту минуту необходимая точка опоры для его превосходительства. Это было бы всего скверне.

— Ну, посидели втроем, шампанского нам поставил, поговорили о делах... Ну о том о сем... о во-про-сах... Даже пос-по-рили... Хе-хе!

Аким Петрович почтительно поднял брови.

— Только дело не в этом. Прощаюсь с ним наконец, старик аккуратный, ложится рано, знаете, к старости. Выхожу... нет моего Трифона! Тревожусь, расспрашиваю: "Куда девал Трифон карету?" Открывается, что он, понадеясь, что я засижусь, отправился на свадьбу к какой-то своей куме или к сестре... уж бог его знает. Здесь же где-то на Петербургской. Да и карету уж кстати с собою захватил. — Генерал опять для приличия взглянул на Пселдонимова. Того немедленно скрючило, но вовсе не так, как надобно было генералу. "Сочувствия, сердца нет", — промелькнуло в его голове.

— Скажите! — проговорил глубоко пораженный Аким Петрович. Маленький гул удивления прошел по всей толпе.

— Можете себе представить мое положение... (Иван Ильич взглянул на всех). Нечего делать, иду пешком. Думаю, добреду до Большого проспекта, да и найду какого-нибудь ваньку... хе-хе!

— Хи-хи-хи! — почтительно отозвался Аким Петрович. Опять гул, но уже на веселый лад, прошел по толпе. В это время с треском лопнуло стекло на стенной лампе. Кто-то с жаром бросился поправлять ее. Пселдонимов встрепенулся и строго посмотрел на лампу, но генерал даже не обратил внимания, и всё успокоилось.

— Иду... а ночь такая прекрасная, тихая. Вдруг слышу музыку, топот, танцуют. Любопытствую у городового: Пселдонимов женится. Да ты, брат, на всю Петербургскую сторону балы задаешь? ха-ха, — вдруг обратился он опять к Пселдонимову.

— Хи-хи-хи! да-с... — отозвался Аким Петрович; гости опять пошевелились, но всего глупее было то, что Пселдонимов хоть и поклонился опять, но даже и теперь не улыбнулся, точно он был деревянный. "Да он дурак, что ли! — подумал Иван Ильич, — тут-то бы и улыбаться ослу, и всё бы пошло как по маслу". Нетерпение бушевало в его сердце. — Думаю, дай войду к подчиненному. Ведь не прогонит же он меня... рад не рад, а принимай гостя. Ты, брат, пожалуйста, извини. Если я чем помешал, я уйду... Я ведь только зашел посмотреть...

Но мало-помалу уже начиналось всеобщее движение. Аким Петрович смотрел с услащенным видом: "Дескать, можете ли, ваше превосходительство, помешать?". Все гости пошевеливались и стали обнаруживать первые признаки развязности. Дамы почти все уже сидели. Знак добрый и положительный. Посмелее из них обмахивались платочками. Одна из них, в истертом бархатном платье, что-то нарочно громко проговорила. Офицер, к которому она обратилась, хотел было ей ответить тоже погромче, но так как они были только двое из громких, то спасовал. Мужчины, всё более канцеляристы и два-три студента, переглядывались, как бы подталкивая друг друга развернуться, откашливались и даже начали ступать по два шага в разные стороны. Впрочем, никто особенно не робел, а только все были дики и почти все про себя враждебно смотрели на персону, ввалившуюся к ним, чтоб нарушить их веселье. Офицер, устыдясь своего малодушия, начал понемногу приближаться к столу.

— Да послушай, брат, позволь спросить, как твое имя и отчество? — спросил Иван Ильич Пселдонимова.

— Порфирий Петров, ваше превосходительство, — отвечал тот, выпуча глаза, точно на смотру.

— Познакомь же меня, Порфирий Петрович, с твоей молодой женой... Поведи меня... я...

20

И он обнаружил было желание привстать. Но Пселдонимов кинулся со всех ног в гостиную. Впрочем, молодая стояла тут же в дверях, но, только что услыхала, что о ней идет речь, тотчас спряталась. Через минуту Пселдонимов вывел ее за руку. Все расступались, давая им ход. Иван Ильич торжественно привстал и обратился к ней с самой любезной улыбкой.

— Очень, очень рад познакомиться, — произнес он с самым великосветским полупоклоном, — и тем более в такой день...

Он прековарно улыбнулся. Дамы приятно заволновались.

— Шарме, — произнесла дама в бархатном платье почти вслух.

Молодая стоила Пселдонимова. Это была худенькая дамочка, всего еще лет семнадцати, бледная, с очень маленьким лицом и с востреньким носиком. Маленькие глазки ее, быстрые и беглые, вовсе не конфузились, напротив, смотрели пристально и даже с оттенком какой-то злости. Очевидно, Пселдонимов брал ее не за красоту. Одета она была в белое кисейное платье на розовом чехле. Шея у нее была худенькая, тело цыплячье, выставлялись кости. На привет генерала она ровно ничего не сумела сказать.

— Да она у тебя прехорошенькая, — продолжал он вполголоса, как будто обращаясь к одному Пселдонимову, но нарочно так, чтоб и молодая слышала. Но Пселдонимов ровно ничего и тут не ответил, даже и не покачнулся на этот раз. Ивану Ильичу показалось даже, что в глазах его есть что-то холодное, затаенное, даже что-то себе на уме, особенное, злокачественное. И, однако ж, во что бы ни стало надо было добиться чувствительности. Ведь для нее-то он и пришел.

"Однако парочка! — подумал он. — Впрочем..."

И он снова обратился к молодой, поместившейся возле него на диване, но на два или на три вопроса свои получил опять только "да" и "нет", да и тех, правда, вполне не получил.

"Хоть бы она поконфузилась, — продолжал он про себя. — Я бы тогда шутить начал. А то ведь мое-то положение безвыходное". И Аким Петрович, как нарочно, тоже молчал, хоть и по глупости, но всё же было неизвинительно.

— Господа! уж я не помешал ли вашим удовольствиям? — обратился было он ко всем вообще. Он чувствовал, что у него даже ладони потеют.

— Нет-с... Не беспокойтесь, ваше превосходительство, сейчас начнем, а теперь... прохлаждаемся-с, — отвечал офицер. Молодая с удовольствием на него поглядела: офицер был еще не стар и носил мундир какой-то команды. Пселдонимов стоял тут же, подавшись вперед, и, казалось, еще более, чем прежде, выставлял свой горбатый нос. Он слушал и смотрел, как лакей, стоящий с шубой в руках и ожидающий окончания прощального разговора своих господ. Это сравнение сделал сам Иван Ильич; он терялся, он чувствовал, что ему неловко, ужасно неловко, что почва ускользает из-под его ног, что он куда-то зашел и не может выйти, точно в потемках.

Вдруг все расступились, и появилась невысокая и плотная женщина, уже пожилая, одетая просто, хотя и принарядившаяся, в большом платке на плечах, зашпиленном у горла, и в чепчике, к которому она, видимо, не привыкла. В руках ее был небольшой круглый поднос, на котором стояла непочатая, но уже раскупоренная бутылка шампанского и два бокала, ни больше, ни меньше. Бутылка, очевидно, назначалась только для двух гостей.

Пожилая женщина прямо приблизилась к генералу.

— Уж не взыщите, ваше превосходительство, — сказала она, кланяясь, — а уж коль не погнушались нами, оказали честь к сыночку на свадьбу пожаловать, так уж просим милости, поздравьте вином молодых. Не погнушайтесь, окажите честь.

Иван Ильич схватился за нее, как за спасение. Она была еще вовсе нестарая женщина, лет сорока пяти или шести, не больше. Но у ней было такое доброе, румяное, такое открытое, круглое русское лицо, она так добродушно улыбалась, так просто кланялась, что Иван Ильич почти утешился и начал было надеяться.

— Так вы-ы-ы ро-ди-тель-ница вашего сы-на? — сказал он, привстав с дивана.

— Родительница, ваше превосходительство, — промямлил

22

Пселдонимов, вытягивая свою длинную шею и снова выставляя свой нос.

— А! Очень рад, о-чень рад познакомиться.

— Так не побрезгайте, ваше превосходительство.

— С превеликим даже удовольствием. Поднос поставили, вино налил подскочивший Пселдонимов. Иван Ильич, всё еще стоя, взял бокал.

— Я особенно, особенно рад этому случаю, что могу... — начал он, — что могу... при сем засвидетельствовать... Одним словом, как начальник... желаю вам, сударыня (он обратился к новобрачной), и тебе, мой друг Порфирий, — желаю полного, благополучного и долгого счастья.

И он даже с чувством выпил бокал, счетом седьмой в этот вечер. Пселдонимов смотрел серьезно и даже угрюмо. Генерал начинал мучительно его ненавидеть.

"Да и этот верзила (он взглянул на офицера) тут же торчит. Ну что бы хоть ему прокричать: ура! И пошло бы, и пошло бы..."

— Да и вы, Аким Петрович, выпейте и поздравьте, — прибавила старуха, обращаясь к столоначальнику. — Вы начальник, он вам подчиненный. Наблюдайте сыночка-то, как мать прошу. Да и впредь нас не забывайте, голубчик наш, Аким Петрович, добрый вы человек.

"А ведь какие славные эти русские старухи! — подумал Иван Ильич. — Всех оживила. Я всегда любил народность..."

В эту минуту к столу поднесли еще поднос. Несла девка, в шумящем, еще не мытом ситцевом платье и в кринолине. Она едва обхватывала поднос руками, так он был велик. На нем стояло бесчисленное множество тарелочек с яблоками, с конфетами, с пастилой, с мармеладом, с грецкими орехами и проч. и проч. Поднос стоял до сих пор в гостиной, для угощения всех гостей, и преимущественно дам. Но теперь его перенесли к одному генералу.

— Не побрезгайте, ваше превосходительство, нашим яством. Чем богаты, тем и рады, — повторяла, кланяясь, старуха.

— Помилуйте... — сказал Иван Ильич и даже с

удовольствием взял и раздавил между пальцами один грецкий орех. Он уже решился быть до конца популярным.

Между тем молодая вдруг захихикала.

— Что-с? — спросил Иван Ильич с улыбкой, обрадовавшись признакам жизни.

— Да вот-с, Иван Костенькиныч смешит, — отвечала она потупившись.

Генерал действительно рассмотрел одного белокурого юношу, очень недурного собой, спрятавшегося на стуле с другой стороны дивана и что-то нашептывавшего madame Пселдонимовой. Юноша привстал. Он, по-видимому, был очень застенчив и очень молод.

— Я про "сонник" им говорил, ваше превосходительство, — пробормотал он, как будто извиняясь.

— Про какой же это сонник? — спросил Иван Ильич снисходительно.

— Новый сонник-с есть-с, литературный-с. Я им говорил-с, если господина Панаева во сне увидеть-с, то это значит кофеем манишку залить-с.

"Экая невинность", — подумал даже со злобою Иван Ильич. Молодой человек хоть и очень разрумянился, говоря это, но до невероятности был рад, что рассказал про господина Панаева.

— Ну да, да, я слышал... — отозвался его превосходительство.

— Нет, вот еще лучше есть, — проговорил другой голос подле самого Ивана Ильича, — новый лексикон издается, так, говорят, господин Краевский будет писать статьи, Алфераки... и абличительная литература...

Проговорил это молодой человек, но уже не конфузливый, а довольно развязный. Он был в перчатках, белом жилете и держал шляпу в руках. Он не танцевал, смотрел высокомерно, потому что был один из сотрудников сатирического журнала "Головешка", задавал тону и попал на свадьбу случайно, приглашенный как почетный гость Пселдонимовым, с которым был на ты и с которым, еще прошлого года, вместе бедствовал у одной немки "в углах". Водку он, однако ж, пил и уже неоднократно для этого отлучался в одну укромную заднюю комнатку, куда все знали дорогу. Генералу он ужасно не понравился.

— И это потому смешно-с, — с радостью перебил вдруг белокурый юноша, рассказавший про манишку и на которого сотрудник в белом жилете посмотрел за это с ненавистью, — потому смешно, ваше превосходительство, что сочинителем полагается, будто бы господин Краевский правописания не знает и думает, что "обличительную литературу" надобно писать а́бличительная литература...

Но бедный юноша едва докончил. Он по глазам увидал, что генерал давно уже это знает, потому что сам генерал тоже как будто сконфузился и, очевидно, оттого, что знал это. Молодому человеку стало до невероятности совестно.

Он успел куда-то поскорее стушеваться и потом всё остальное время был очень грустен. Взамен того развязный сотрудник "Головешки" подошел еще ближе и, казалось, намеревался где-нибудь поблизости сесть. Такая развязность показалась Ивану Ильичу несколько щекотливой. — Да! скажи, пожалуйста, Порфирий, — начал он, чтобы что-нибудь говорить, — почему — я всё тебя хотел спросить об этом лично — почему тебя зовут Пселдонимов, а не Псевдонимов? Ведь ты, наверное, Псевдонимов?

— Не могу в точности доложить, ваше превосходительство, — отвечал Пселдонимов.

— Это, верно, еще его отцу-с при поступлении на службу в бумагах перемешали-с, так что он и остался теперь Пселдонимов, — отозвался Аким Петрович. — Это бывает-с.

— Неп-ре-менно, — с жаром подхватил генерал, — неп-ре-мен-но, потому, сами посудите: Псевдонимов — ведь это происходит от литературного слова "псевдоним". Ну, а Пселдонимов ничего не означает.

— По глупости-с, — прибавил Аким Петрович.

— То есть собственно что по глупости?

— Русский народ-с; по глупости изменяет иногда литеры-с и выговаривает иногда по-своему-с. Например, говорят невалид, а надо бы сказать инвалид-с.

— Ну, да... невалид, хе-хе-хе...

— Мумер тоже говорят, ваше превосходительство, — брякнул высокий офицер, у которого давно уже зудело, чтоб как-нибудь отличиться.

— То есть как это мумер?

— Мумер вместо нумер, ваше превосходительство.

— Ах да, мумер... вместо нумер... Ну да, да... хе-хе, хе!... — Иван Ильич принужден был похихикать и для офицера.

Офицер поправил галстук.

— А вот еще говорят: нимо, — ввязался было сотрудник "Головешки". Но его превосходительство постарался этого уж не расслышать. Не для всех же было хихикать.

— Нимо вместо мимо, — приставал "сотрудник" с видимым раздражением.

Иван Ильич строго посмотрел на него.

— Ну, что пристал? — шепнул Пселдонимов сотруднику.

— Да что ж это, я разговариваю. Нельзя, что ль, и говорить, — заспорил было тот шепотом, но, однако ж, замолчал и с тайною яростью вышел из комнаты.

Он прямо пробрался в привлекательную заднюю комнатку, где для танцующих кавалеров, еще с начала вечера, поставлена была на маленьком столике, накрытом ярославскою скатертью, водка двух сортов, селедка, икра ломтиками и бутылка крепчайшего хереса из национального погребка. Со злостью в сердце он налил было себе водки, как вдруг вбежал медицинский студент, с растрепанными волосами, первый танцор и канканер на бале Пселдонимова. Он с торопливою жадностью бросился к графину.

— Сейчас начнут! — проговорил он, наскоро распоряжаясь. — Приходи смотреть: соло сделаю вверх ногами, а после ужина рискну рыбку. Это будет даже идти к свадьбе-то. Так сказать, дружеский намек Пселдонимову... Славная эта Клеопатра Семеновна, с ней всё что угодно можно рискнуть.

— Это ретроград, — мрачно отвечал сотрудник, выпивая рюмку.

— Кто ретроград?

— Да вот, особа-то, перед которой пастилу поставили. Ретроград! я тебе говорю.

— Ну уж ты! — пробормотал студент и бросился вон из комнаты, услышав ритурнель кадрили.

Сотрудник, оставшись один, налил себе еще для большего куража и независимости, выпил, закусил, и никогда еще действительный статский советник Иван Ильич не приобретал себе более яростного врага и более неумолимого мстителя, как пренебреженный им сотрудник "Головешки", особенно после двух рюмок водки. Увы! Иван Ильич ничего не подозревал в этом роде. Не подозревал он и еще одного капитальнейшего обстоятельства, имевшего влияние на все дальнейшие взаимные отношения гостей к его превосходительству. Дело в том, что он хоть и дал с своей стороны приличное и даже подробное объяснение своего присутствия на свадьбе у своего подчиненного, но это объяснение в сущности никого не удовлетворило, и гости продолжали конфузиться. Но вдруг всё переменилось, как волшебством; все успокоились и готовы были веселиться, хохотать, визжать и плясать, точно так же, как если бы неожиданного гостя совсем не было в комнате. Причиной тому был неизвестно каким образом вдруг разошедшийся слух, шепот, известие, что гость-то, кажется, того... под шефе. И хоть дело носило с первого взгляда вид ужаснейшей клеветы, но мало-помалу стало как будто оправдываться, так что вдруг всё стало ясно. Мало того, стало вдруг необыкновенно свободно. И вот в это-то самое мгновение и началась кадриль, последняя перед ужином, на которую так торопился медицинский студент.

И только что было Иван Ильич хотел снова обратиться к новобрачной, пытаясь в этот раз донять ее каким-то каламбуром, как вдруг к ней подскочил высокий офицер и с размаху стал на одно колено. Она тотчас же вскочила с дивана и упорхнула с ним, чтоб встать в ряды кадрили. Офицер даже не извинился, а она даже не взглянула, уходя, на генерала, даже как будто рада была, что избавилась.

"Впрочем, в сущности, она в своем праве, — подумал Иван Ильич, — да и приличий они не знают".

— Гм... ты бы, брат Порфирий, не церемонился, — обратился он к Пселдонимову. — Может, у тебя там есть что-нибудь... насчет распоряжений... или там что-нибудь... пожалуйста, не стесняйся. "Что он сторожит, что ли, меня?"-прибавил он про себя.

Ему становился невыносим Пселдонимов с своей длинной шеей и глазами, пристально на него устремленными. Одним словом, всё это было не то, совсем не то, но Иван Ильич далеко еще не хотел в этом сознаться.

Кадриль началась.

— Прикажете, ваше превосходительство? — спросил Аким Петрович, почтительно держа в руках бутылку и готовясь налить в бокал его превосходительства.

— Я... я, право, не знаю, если...

Но уж Аким Петрович с благоговейно сияющим лицом наливал шампанское. Налив бокал, он как будто украдкой, как будто воровским образом, ежась и корчась, налил и себе с тою разницею, что себе на целый палец не долил, что было как-то почтительнее. Он был как женщина в родах, сидя подле ближайшего своего начальника. Об чем в самом деле заговорить? А развлечь его превосходительство следовало даже по обязанности, так как уж он имел честь составить ему компанию. Шампанское послужило выходом, да и его превосходительству даже приятно было, что тот налил, — не для шампанского, потому что оно было теплое и гадость естественнейшая, а так, нравственно приятно.

"Старику самому хочется выпить, — подумал Иван Ильич, — а без меня не смеет. Не задерживать же... Да и смешно, если бутылка так простоит между нами".

Он прихлебнул, и все-таки оно показалось лучше, чем так-то сидеть.

— Я ведь здесь, — начал он с расстановками и ударениями, — я ведь здесь, так сказать, случайно и, конечно, может быть, иные найдут... что мне... так сказать, не-при-лично быть на таком... собрании.

Аким Петрович молчал и вслушивался с робким любопытством.

— Но я надеюсь, вы поймете, зачем я здесь... Ведь не вино же в самом деле я пить пришел. Хе-хе!

Аким Петрович хотел было похихикать вслед за его превосходительством, но как-то осекся и опять не ответил ровно ничего утешительного.

— Я здесь... чтобы, так сказать, ободрить... показать, так сказать, нравственную, так сказать, цель, — продолжал Иван Ильич, досадуя на тупость Акима Петровича, но вдруг и сам замолчал. Он увидел, что бедный Аким Петрович даже глаза опустил, точно в чем-то виноватый. Генерал в некотором замешательстве поспешил еще раз отхлебнуть из бокала, а Аким Петрович, как будто всё спасение его было в этом, схватил бутылку и подлил снова.

"А немного ж у тебя ресурсов", — подумал Иван Ильич, строго смотря на бедного Акима Петровича. Тот же, предчувствуя на себе этот строгий генеральский взгляд, решился уж молчать окончательно и глаз не подымать. Так они просидели друг перед другом минуты две, две болезненные минуты для Акима Петровича.

Два слова об Акиме Петровиче. Это был человек смирный, как курица, самого старого закала, взлелеянный на подобострастии и между тем человек добрый и даже благородный. Он был из петербургских русских, то есть и отец и отец отца его родились, выросли и служили в Петербурге и ни разу не выезжали из Петербурга. Это совершенно особенный тип русских людей. Об России они почти не имеют ни малейшего понятий, о чем вовсе и не тревожатся. Весь интерес их сужен Петербургом и, главное, местом их службы. Все заботы их сосредоточены около копеечного преферанса, лавочки и месячного жалованья. Они не знают ни одного русского обычая, ни одной русской песни, кроме "Лучинушки", да и то потому только, что ее играют шарманки. Впрочем, есть два существенные и незыблемые признака, по которым вы тотчас же отличите настоящего русского от петербургского русского. Первый признак состоит в том, что все петербургские русские, все без исключения, никогда не говорят: "Петербургские ведомости", а всегда говорят: "Академические ведомости". Второй, одинаково существенный, признак состоит в том, что петербургский русский никогда не употребляет слово "завтрак", а всегда говорит: "фрыштик", особенно напирая на звук фры. По этим двум коренным и отличительным признакам вы их всегда различите; одним словом, это тип смиренный и окончательно выработавшийся в последние тридцать пять лет. Впрочем, Аким Петрович был вовсе не дурак. Спроси его генерал о чем-нибудь подходящем к нему, он бы и ответил и поддержал разговор, а то ведь неприлично подчиненному и отвечать-то на такие вопросы, хотя Аким Петрович умирал от любопытства узнать что-нибудь подробнее о настоящих намерениях его превосходительства...

А между тем Иван Ильич всё более и более впадал в раздумье и в какое-то коловращение идей; в рассеянности он неприметно, но поминутно прихлебывал из бокала. Аким Петрович тотчас же и усерднейше ему подливал. Оба молчали. Иван Ильич начал было смотреть на танцы, и вскоре они несколько привлекли его внимание. Вдруг одно обстоятельство даже удивило его...

Танцы действительно были веселы. Тут именно танцевалось в простоте сердец, чтоб веселиться и даже беситься. Из танцоров ловких было очень немного; но неловкие так сильно притопывали, что их можно было принять и за ловких. Отличался, во-первых, офицер: он особенно любил фигуры, где оставался один, вроде соло. Тут он удивительно изгибался, а именно: весь, прямой как верста, он вдруг склонялся набок, так что вот, думаешь, упадет, но с следующим шагом он вдруг склонялся в противоположную сторону, под тем же косым углом к полу. Выражение лица он наблюдал серьезнейшее и танцевал в полном убеждении, что ему все удивляются. Другой кавалер со второй фигуры заснул подле своей дамы, нагрузившись предварительно еще до кадриля, так что дама его должна была танцевать одна. Молодой регистратор, отплясывавший с дамой в голубом шарфе, во всех фигурах и во всех пяти кадрилях, которые протанцованы были в этот вечер, выкидывал всё одну и ту же штуку, а именно: он

30

несколько отставал от своей дамы, подхватывал кончик ее шарфа и на лету, при переходе визави, успевал влеплять в этот кончик десятка два поцелуев. Дама же, впереди его, плыла, как будто ничего не замечая. Медицинский студент действительно сделал соло вверх ногами и произвел неистовый восторг, топот и взвизги удовольствия. Одним словом, непринужденность была чрезвычайная. Иван Ильич, на которого и вино подействовало, начал было улыбаться, но мало-помалу какое-то горькое сомнение начало закрадываться в его душу: конечно, он очень любил развязность и непринужденность; он желал, он даже душевно звал ее, эту развязность, когда они все пятились, и вот теперь эта развязность уже стала выходить из границ. Одна дама, например, в истертом синем бархатном платье, перекупленном из четвертых рук, в шестой фигуре зашпилила свое платье булавками, так что выходило, как будто она в панталонах. Это была та самая Клеопатра Семеновна, с которой можно было всё рискнуть, по выражению ее кавалера, медицинского студента. Об медицинском студенте и говорить было нечего: просто Фокин. Как же это? То пятились, а тут вдруг так скоро эмансипировались! Кажись бы, и ничего, но как-то странен был этот переход: он что-то предвещал. Точно совсем они и забыли, что есть на свете Иван Ильич. Разумеется, он хохотал первый и даже рискнул аплодировать. Аким Петрович почтительно хихикал ему в унисон, хотя, впрочем, с видимым удовольствием и не подозревая, что его превосходительство начинал уже откармливать в сердце своем нового червяка.

— Славно, молодой человек, танцуете, — принужден был Иван Ильич сказать студенту, проходившему мимо: только что кончилась кадриль.

Студент круто повернулся к нему, скорчил какую-то гримасу и, приблизив свое лицо к его превосходительству на близкое до неприличия расстояние, во всё горло прокричал петухом. Это уже было слишком. Иван Ильич встал из-за стола. Несмотря на то, последовал залп неудержимого хохоту, потому что крик петуха был удивительно натурален, а вся гримаса совершенно неожиданна. Иван Ильич еще стоял в недоумении, как вдруг явился сам Пселдонимов и, кланяясь, стал просить к ужину. Вслед за ним явилась и мать его.

— Батюшка, ваше превосходительство, — говорила она, кланяясь, — окажите честь, не погнушайтесь нашей бедностью...

— Я... я, право, не знаю... — начал было Иван Ильич, — я ведь не для того... я... хотел было уж идти...

Действительно, он держал в руках шапку. Мало того: тут же, в это самое мгновение, он дал себе честное слово непременно, сейчас же, во что бы то ни стало уйти и ни за что не оставаться и... и остался. Через минуту он открыл шествие к столу. Пселдонимов и мать его шли перед ним и раздвигали ему дорогу. Посадили его на самое почетное место, и опять непочатая бутылка шампанского очутилась перед его прибором. Стояла закуска: селедка и водка. Он протянул руку, сам налил огромную рюмку водки и выпил. Он никогда прежде не пил водки. Он чувствовал, что как будто катится с горы, летит, летит, летит, что надо бы удержаться, уцепиться за что-нибудь, но нет к тому никакой возможности.

Действительно, положение его становилось всё более и более эксцентричным. Мало того: это была какая-то насмешка судьбы. С ним бог знает что произошло в какой-нибудь час. Когда он входил, он, так сказать, простирал объятия всему человечеству и всем своим подчиненным; и вот не прошло какого-нибудь часу, и он, всеми болями своего сердца, слышал и знал, что он ненавидит Пселдонимова, проклинает его, жену его и свадьбу его. Мало того: он по лицу, по глазам одним видел, что и сам Пселдонимов его ненавидит, что он смотрит, чуть-чуть не говоря: "А чтоб ты провалился, проклятый! Навязался на шею!.." Всё это он уже давно прочел в его взгляде.

Конечно, Иван Ильич даже и теперь, садясь за стол, дал бы себе скорее руку отсечь, чем признался бы искренно, не только вслух, но даже себе самому, что всё это действительно точно так было. Минута еще вполне не пришла, а теперь еще было какое-то нравственное балансе. Но сердце, сердце... оно ныло! оно просилось на волю, на воздух, на отдых. Ведь слишком уж добрый человек был Иван Ильич.

Он ведь знал, очень хорошо знал, что еще давно бы надо было уйти, и не только уйти, но даже спасаться. Что всё это вдруг стало не тем, ну совершенно не так обернулось, как мечталось давеча на мостках.

"Я ведь зачем пришел? Я разве затем пришел, чтоб здесь есть и пить?" — спрашивал он себя, закусывая селедку. Он даже приходил в отрицание. В душе его шевелилась мгновениями ирония на собственный подвиг. Он начинал даже сам не понимать, зачем, в самом деле, он вошел?

Но как было уйти? Так уйти, не докончив, было невозможно. "Что скажут? Скажут, что я по неприличным местам таскаюсь. Оно даже и в самом деле выйдет так, если не докончить. Что скажет, например, завтра же (потому что ведь везде разнесется) Степан Никифорыч, Семен Иваныч, в канцеляриях, у Шембелей, у Шубиных? Нет, надо так уйти, чтоб они все поняли, зачем я приходил, надо нравственную цель обнаружить... — А между тем патетический момент никак не давался. — Они даже не уважают меня, — продолжал он. — Чему они смеются? Они так развязны, как будто бесчувственные... Да, я давно подозревал всё молодое поколение в бесчувственности! Надо остаться во что бы то ни стало!.. Теперь они танцевали, а вот за столом будут в сборе... Заговорю о вопросах, о реформах, о величии России... я их еще увлеку! Да! Может быть, еще совершенно ничего не потеряно... Может быть, так и всегда бывает в действительности. С чего бы только с ними начать, чтоб их привлечь? Какой бы это такой прием изобресть? Теряюсь, просто теряюсь... И чего им надо, чего они требуют?.. Я вижу, они там пересмеиваются... Уж не надо мной ли, господи боже! Да чего мне-то надо... я-то чего здесь, чего я-то не ухожу, чего добиваюсь?.." Он думал это, и какой-то стыд, какой-то глубокий, невыносимый стыд всё более и более надрывал его сердце.

Но всё уж так и шло, одно к другому.

Ровно две минуты спустя, как он сел за стол, одна страшная мысль овладела всем существом его. Он вдруг почувствовал, что ужасно пьян, то есть не так, как прежде, а пьян окончательно. Причиною тому была рюмка водки, выпитая вслед за шампанским и оказавшая немедленно действие. Он чувствовал, слышал всем существом своим, что слабеет окончательно. Конечно, куражу прибавилось много, но сознание не оставляло его и кричало ему: "Нехорошо, очень нехорошо, и даже совсем неприлично!" Конечно, неустойчивые пьяные думы не могли остановиться на одной точке: в нем вдруг явились, даже осязательно для него же самого, какие-то две стороны. В одной был кураж, желание победы, ниспровержение препятствий и отчаянная уверенность в том, что он еще достигнет цели. Другая сторона давала себя знать мучительным нытьем в душе и каким-то засосом на сердце. "Что скажут? чем это кончится? что завтра-то будет, завтра, завтра!.."

Прежде он как-то глухо предчувствовал, что между гостями у него уже есть враги. "Это оттого, что я, верно, и давеча был пьян", — подумал он с мучительным сомнением. Каков же был его ужас, когда он действительно, по несомненнейшим признакам, уверился теперь, что за столом действительно были враги его и что в этом уже нельзя сомневаться.

"И за что! за что!" — думал он.

За этим столом поместились все человек тридцать гостей, из которых уже некоторые были окончательно готовы. Другие вели себя с какою-то небрежною, злокачественною независимостью, кричали, говорили все вслух, провозглашали преждевременно тосты, перестреливались с дамами хлебными шариками. Один, какая-то невзрачная личность в засаленном сюртуке, упал со стула, как только сел за стол, и так и оставался до самого окончания ужина. Другой хотел непременно влезть на стол и провозгласить тост, и только офицер, схватив его за фалды, умерил преждевременный восторг его. Ужин был совершенно разночинный, хотя и нанимался для него повар, крепостной человек какого-то генерала: был галантир, был язык под картофелем, были котлетки с зеленым горошком, был, наконец, гусь, и под конец всего бламанже. Из вин было: пиво, водка и херес. Бутылка шампанского стояла перед одним генералом, что принудило его самого налить и Акиму

Петровичу, который собственной своей инициативой за ужином уже не смел распорядиться. Для тостов же прочим гостям предназначалось горское или что попало. Самый стол состоял из многих столов, составленных вместе, в число которых пошел даже ломберный. Накрыт он был многими скатертями, в числе которых была одна ярославская цветная. Гости сидели вперемежку с дамами. Родительница Пселдонимова сидеть за столом не захотела; она хлопотала и распоряжалась. Зато явилась одна злокачественная женская фигура, не показывавшаяся прежде, в каком-то красноватом шелковом платье, с подвязанными зубами и в высочайшем чепчике. Оказалось, что это была мать невесты, согласившаяся выйти наконец из задней комнаты к ужину. До сих пор она не выходила по причине непримиримой своей вражды к матери Пселдонимова; но об этом упомянем после. На генерала эта дама смотрела злобно, даже насмешливо и, очевидно, не хотела быть ему представленной. Ивану Ильичу эта фигура показалась до крайности подозрительною. Но кроме нее и некоторые другие лица были подозрительны и вселяли невольное опасение и беспокойство. Казалось даже, что они в каком-то заговоре между собою, и именно против Ивана Ильича. По крайней мере ему самому так казалось, и в продолжение всего ужина он всё более и более в том убеждался. А именно: злокачествен был один господин с бородкой, какой-то вольный художник; он даже несколько раз посмотрел на Ивана Ильича и потом, повернувшись к соседу, что-то ему нашептывал. Другой, из учащихся, был, правда, совершенно уж пьян, но все-таки по некоторым признакам подозрителен. Худые надежды подавал тоже и медицинский студент. Даже сам офицер был не совсем благонадежен. Но особенною и видимою ненавистью сиял сотрудник "Головешки": он так развалился на стуле, он так гордо и заносчиво смотрел, так независимо фыркал! И хоть прочие гости и не обращали никакого особенного внимания на сотрудника, написавшего в "Головешке" только четыре стишка и сделавшегося оттого либералом, даже, видимо, не любили его, но когда возле Ивана Ильича упал вдруг хлебный шарик, очевидно назначавшийся в его сторону, то он готов был дать голову на отсечение, что виновник этого шарика был не кто другой, как сотрудник "Головешки".

Всё это, конечно, действовало на него плачевным образом.

Особенно неприятно было и еще одно наблюдение: Иван Ильич совершенно убедился, что он начинает как-то неясно и затруднительно выговаривать слова, что сказать хочется очень много, но язык не двигается. Потом, что вдруг он как будто стал забываться и, главное, ни с того ни с сего вдруг фыркнет и засмеется, тогда как вовсе нечему было смеяться. Это расположение скоро прошло после стакана шампанского, который Иван Ильич хоть и налил было себе, но не хотел пить, и вдруг выпил как-то совершенно нечаянно. Ему вдруг после этого стакана захотелось чуть не плакать. Он чувствовал, что впадает в самую эксцентрическую чувствительность; он снова начинал любить, любить всех, даже Пселдонимова, даже сотрудника "Головешки". Ему захотелось вдруг обняться с ними со всеми, забыть всё и помириться. Мало того: рассказать им всё откровенно, всё, всё, то есть какой он добрый и славный человек, с какими великолепными способностями. Как будет он полезен отечеству, как умеет смешить дамский пол и, главное, какой он прогрессист, как гуманно он готов снизойти до всех, до самых низших, и, наконец, в заключение, откровенно рассказать все мотивы, побудившие его, незваного, явиться к Пселдонимову, выпить у него две бутылки шампанского и осчастливить его своим присутствием.

"Правда, святая правда прежде всего и откровенность! Я откровенностью их дойму. Они мне поверят, я вижу ясно; они даже смотрят враждебно, но когда я открою им всё, я их покорю неотразимо. Они наполнят рюмки и с криком выпьют за мое здоровье. Офицер, я уверен в этом, разобьет свою рюмку о шпору. Даже можно бы прокричать "ура!". Даже если б покачать вздумали по-гусарски, я бы и этому не противился, даже и весьма бы хорошо было. Новобрачную я поцелую в лоб; она миленькая. Аким Петрович тоже очень хороший человек. Пселдонимов, конечно, впоследствии исправится. Ему недостает, так сказать, этого светского лоску... И хотя, конечно, нет этой сердечной деликатности у всего этого нового поколения, но... но я скажу им о современном назначении России в числе прочих европейских держав. Упомяну и о крестьянском вопросе, да и... и все они будут любить меня, и я выйду со славою!.."

Эти мечты, конечно, были очень приятны, но неприятно было то, что среди всех этих розовых надежд Иван Ильич вдруг открыл в себе еще одну неожиданную способность: именно плеваться. По крайней мере слюна вдруг начала выскакивать из его рта совершенно помимо его воли. Заметил он это на Акиме Петровиче, которому забрызгал щеку и который сидел, на смея сейчас же утереться из почтительности. Иван Ильич взял салфетку и вдруг сам утер его. Но это тотчас же показалось ему самому до того нелепым, до того вне всего здравого, что он замолчал и начал удивляться. Аким Петрович хоть и выпил, но все-таки сидел как обваренный. Иван Ильич сообразил теперь, что он уже чуть не четверть часа говорит ему о какой-то самой интереснейшей теме, но что Аким Петрович, слушая его, не только как будто конфузился, но даже чего-то боялся. Пселдонимов, сидевший через стул от него, тоже протягивал к нему свою шею и, наклонив набок голову, с самым неприятным видом прислушивался. Он действительно как будто сторожил его. Окинув глазами гостей, он увидал, что многие смотрят прямо на него и хохочут. Но страннее всего было то, что при этом он вовсе не сконфузился, напротив того, он хлебнул еще раз из бокала и вдруг во всеуслышание начал говорить.

— Я сказал уже! — начал он как можно громче, — я сказал уже, господа, сейчас Акиму Петровичу, что Россия... да, именно Россия... одним словом, вы понимаете, что я хочу ска-ка-зать... Россия переживает, по моему глубочайшему убеждению, гу-гу-манность...

— Гу-гуманность! — раздалось на другом конце стола.

— Гу-гу!

— Тю-тю!

Иван Ильич было остановился. Пселдонимов встал со стула и начал разглядывать: кто крикнул? Аким Петрович украдкой покачивал головою, как бы усовещивая гостей. Иван Ильич это очень хорошо заметил, но с мучением смолчал.

— Гуманность! — упорно продолжал он, — и давеча... и именно давеча я говорил Степану Ники-ки-форовичу... да... что... что обновление, так сказать, вещей...

— Ваше превосходительство! — громко раздалось на другом конце стола.

— Что прикажете? — отвечал прерванный Иван Ильич, стараясь разглядеть, кто ему крикнул.

— Ровно ничего, ваше превосходительство, я увлекся, продолжайте! пра-дал-жайте! — послышался опять голос. Ивана Ильича передернуло.

— Обновление, так сказать, этих самых вещей...

— Ваше превосходительство! — крикнул опять голос.

— Что вам угодно?

— Здравствуйте!

На этот раз Иван Ильич не выдержал. Он прервал речь и оборотился к нарушителю порядка и обидчику. Это был один еще очень молодой учащийся, сильно наклюкавшийся и возбуждавший огромные подозрения. Он уже давно орал и даже разбил стакан и две тарелки, утверждая, что на свадьбе будто бы так и следует. В ту минуту, когда Иван Ильич оборотился к нему, офицер строго начал распекать крикуна.

— Что ты, чего орешь? Вывести тебя, вот что!

— Не про вас, ваше превосходительство, не про вас! продолжайте! — кричал развеселившийся школьник, развалясь на стуле, — продолжайте, я слушаю и очень, о-чень, о-чень вами доволен! Па-хвально, па-хвально!

— Пьяный мальчишка! — шепотом подсказал Пселдонимов.

— Вижу, что пьяный, но...

— Это я рассказал сейчас один забавный анекдот-с, ваше превосходительство! — начал офицер, — про одного поручика нашей команды, который точно так же разговаривал с начальством; так вот он теперь и подражает ему. К каждому слову начальника он всё говорил: па-хвально, па-хвально! Его еще десять лет назад за это из службы выключили.

— Ка-кой же это поручик?

— Нашей команды, ваше превосходительство, сошел с ума

на похвальном. Сначала увещевали мерами кротости, потом под арест... Начальник родительским образом усовещивал; а тот ему: па-хвально, па-хвально! И странно: мужественный был офицер, девяти вершков росту. Хотели под суд отдать, но заметили, что помешанный.

— Значит... школьник. За школьничество можно бы и не так строго... Я, с своей стороны, готов простить...

— Медициной свидетельствовали, ваше превосходительство.

— Как! ана-то-мировали?

— Помилуйте, да ведь он был совершенно живой-с.

Громкий и почти всеобщий залп хохоту раздался между гостями, сначала было державшими себя чинно. Иван Ильич рассвирепел.

— Господа, господа! — закричал он, на первое время даже почти не заикаясь, — я очень хорошо в состоянии различить, что живого не анатомируют. Я полагал, что он в помешательстве был уже не живой... то есть умер... то есть я хочу сказать... что вы меня не любите... А между тем я люблю вас всех... да, и люблю Пор... Порфирия... Я унижаю себя, что так говорю...

В эту минуту преогромная салива вылетела из уст Ивана Ильича и брызнула на скатерть, на самое видное место. Пселдонимов бросился обтирать ее салфеткой. Это последнее несчастье окончательно подавило его.

— Господа, это уж слишком! — прокричал он в отчаянии.

— Пьяный человек, ваше превосходительство, — снова было подсказал Пселдонимов.

— Порфирий! Я вижу, что вы... все... да! Я говорю, что я надеюсь... да, я вызываю всех сказать: чем я унизил себя?

Иван Ильич чуть не плакал.

— Ваше превосходительство, помилуйте-с!

— Порфирий, обращаюсь к тебе... Скажи, если я пришел... да... да, на свадьбу, я имел цель. Я хотел нравственно поднять... я хотел, чтоб чувствовали. Я обращаюсь ко всем: очень я унижен в ваших глазах или нет?

Гробовое молчание. В том-то и дело, что гробовое

молчанье, да еще на такой категорический вопрос. "Ну, что бы им, что бы им хоть в эту минуту прокричать!" — мелькнуло в голове его превосходительства. Но гости только переглядывались. Аким Петрович сидел ни жив ни мертв, а Пселдонимов, немея от страха, повторял про себя ужасный вопрос, который давно уже ему представлялся: "А что-то мне за всё это завтра будет?" Вдруг сотрудник "Головешки", уже сильно пьяный, но сидевший до сих пор в угрюмом молчании, обратился прямо к Ивану Ильичу и с сверкающими глазами стал отвечать от лица всего общества.

— Да-с! — закричал он громовым голосом, — да-с, вы унизили себя, да-с, вы ретроград... Рет-ро-град!

— Молодой человек, опомнитесь! с кем вы, так сказать, говорите! — яростно закричал Иван Ильич, снова вскочив с своего места.

— С вами, и, во-вторых, я не молодой человек... Вы пришли ломаться и искать популярности.

— Пселдонимов, что это! — вскричал Иван Ильич.

Но Пселдонимов вскочил в таком ужасе, что остановился как столб и совершенно не знал, что предпринять. Гости тоже онемели на своих местах. Художник и учащийся аплодировали, кричали "браво, браво!".

Сотрудник продолжал кричать с неудержимою яростью:

— Да, вы пришли, чтоб похвалиться гуманностью! Вы помешали всеобщему веселью. Вы пили шампанское и не сообразили, что оно слишком дорого для чиновника с десятью рублями в месяц жалованья, и я подозреваю, что вы один из тех начальников, которые лакомы до молоденьких жен своих подчиненных! Мало того, я уверен, что вы поддерживаете откупа... Да, да, да!

— Пселдонимов, Пселдонимов! — кричал Иван Ильич, простирая к нему руки. Он чувствовал, что каждое слово сотрудника было новым кинжалом для его сердца.

— Сейчас, ваше превосходительство, не извольте беспокоиться! — энергически вскрикнул Пселдонимов, подскочил к сотруднику, схватил его за шиворот и вытащил вон из-за стола. Даже и нельзя было ожидать от тщедушного

Пселдонимова такой физической силы. Но сотрудник был очень пьян, а Пселдонимов совершенно трезв. Затем он задал ему несколько тумаков в спину и вытолкал его в двери.

— Все вы подлецы! — кричал сотрудник, — я вас всех завтра же в "Головешке" окарикатурю!.. Все повскакали с мест.

— Ваше превосходительство, ваше превосходительство! — кричали Пселдонимов, его мать и некоторые из гостей, толпясь около генерала, — ваше превосходительство, успокойтесь!

— Нет, нет! — кричал генерал, — я уничтожен... я пришел... я хотел, так сказать, крестить. И вот за всё, за всё!

Он опустился на стул, как без памяти, положил обе руки на стол и склонил на них свою голову, прямо в тарелку с бламанже. Нечего и описывать всеобщий ужас. Через минуту он встал, очевидно желая уйти, покачнулся, запнулся за ножку стула, упал со всего размаха на пол и захрапел...

Это бывает с непьющими, когда они случайно напьются. До последней черты, до последнего мгновенья сохраняют они сознание и потом вдруг падают как подкошенные. Иван Ильич лежал на полу, потеряв всякое сознание. Пселдонимов схватил себя за волосы и замер в этом положении. Гости стали поспешно расходиться, каждый по-своему толкуя о происшедшем. Было уже около трех часов утра.

Главное дело в том, что обстоятельства Пселдонимова были гораздо хуже того, чем можно было их представить, несмотря на всю непривлекательность и одной теперешней обстановки. И покамест Иван Ильич лежит на полу, а Пселдонимов стоит над ним, в отчаянии теребя свои волосы, прервем избранное нами течение рассказа и скажем несколько пояснительных слов собственно о Порфирии Петровиче Пселдонимове.

Еще не далее как за месяц до своего брака он погибал совершенно безвозвратно. Происходил он из губернии, где отец его чем-то когда-то служил и где умер под судом. Когда, месяцев пять до женитьбы, Пселдонимов, целый уже год погибавший в Петербурге, получил свое десятирублевое место, он было воскрес и телом и духом, но вскоре опять принизился обстоятельствами. На всем свете Пселдонимовых осталось только двое, он и мать его, бросившая губернию после смерти мужа. Мать и сын погибали вдвоем на морозе и питались сомнительными материалами. Бывали дни, что Пселдонимов с кружкой сам ходил на Фонтанку за водой, чтоб там и напиться. Получив место, он кое-как устроился вместе с матерью где-то в углах. Она принялась стирать на людей белье, а он месяца четыре сколачивал экономию, чтоб как-нибудь завести себе сапоги и шинелишку. И сколько бедствий он вынес в своей канцелярии: к нему подходило начальство с вопросом, давно ли он был в бане? Про него ходила молва, что у него под воротником вицмундира гнездами заводятся клопы. Но Пселдонимов был характера твердого. С виду он был и смирен и тих; образование имел самое маленькое, разговору от него почти не было слышно никогда. Не знаю положительно: мыслил ли он, созидал ли планы и системы, мечтал ли об чем-нибудь? Но взамен того в нем вырабатывалась какая-то инстинктивная, кряжевая, бессознательная решимость выбиться на дорогу из скверного положения. В нем было упорство муравьиное: у муравьев разорите гнездо, и они тотчас же вновь начнут созидать его, разорите другой раз — и другой раз начнут, и так далее без устали. Это было существо устроительное и домовитое. На лбу его было видно, что он добьется дороги, устроит гнездо и, может быть, даже скопит и про запас. Одна только мать и любила его в целом свете и любила без памяти. Женщина она была твердая, неустанная, работящая, а вместе с тем и добрая. Так бы и жили они в своих углах, может быть, еще лет пять или шесть, до перемены обстоятельств, если б не столкнулись они с отставным титулярным советником Млекопитаевым, бывшим казначеем и служившим когда-то в губернии, в последнее же время основавшимся и устроившим себя в Петербурге с своим семейством. Пселдонимова он знал и отцу его был чем-то когда-то обязан. Деньжонки у него водились, конечно небольшие, но они были; сколько их действительно было, — про это никто не знал, ни жена его, ни старшая дочь, ни родственники. Было у него две дочери, а так как он был страшный самодур, пьяница, домашний тиран и, сверх того, больной человек, то и вздумалось ему вдруг выдать одну дочь за Пселдонимова: "Я, дескать, знаю его, отец его был хороший человек, и сын будет хороший человек". Млекопитаев что хотел, то и делал; сказано — сделано. Это был очень странный самодур. Большею частию он проводил время, сидя на креслах, лишившись употребления ног от какой-то болезни, что не мешало ему, однако ж, пить водку. По целым дням он пил и ругался. Человек он был злой; ему надобно было непременно кого-нибудь и беспрерывно мучить. Для этого он держал при себе несколько дальних родственниц: свою сестру, больную и сварливую; двух сестер жены своей, тоже злых и многоязычных; потом свою старую тетку, у которой по какому-то случаю было сломано одно ребро. Держал еще одну приживалку, обрусевшую немку, за талант ее рассказывать ему сказки из "Тысячи одной ночи". Всё удовольствие его состояло шпынять над всеми этими несчастными нахлебницами, ругать их поминутно и на чем свет стоит, хотя те, не исключая и жены его, родившейся с зубною болью, не смели пред ним пикнуть слова. Он ссорил их между собою, изобретал и заводил между ними сплетни и раздоры и потом хохотал и радовался, видя, как все они чуть не дерутся между собою. Он очень обрадовался, когда старшая дочь его, бедствовавшая лет десять с каким-то офицером, своим мужем, и наконец овдовевшая, переселилась к нему с тремя маленькими больными детьми. Детей ее он терпеть не мог, но так как с появлением их увеличился матерьял, над которым можно было производить ежедневные эксперименты, то старик был очень доволен. Вся эта куча злых женщин и больных детей вместе с их мучителем теснилась в деревянном доме на Петербургской, недоедала, потому что старик был скуп и деньги выдавал копейками, хотя и не жалел себе на водку; недосыпала, потому что старик страдал бессонницею и требовал развлечений. Одним словом, всё это бедствовало и проклинало судьбу свою. В это-то время Млекопитаев и наглядел Пселдонимова. Он был поражен его длинным носом и смиренным видом. Тщедушной и невзрачной младшей дочке его минуло тогда семнадцать лет.

Она хотя и ходила когда-то в какую-то немецкую шуле, но из нее почти ничего, кроме азов, не вынесла. Затем росла, золотушная и худосочная, под костылем безногого и пьяного родителя, в содоме домашних сплетней, шпионств и наговоров. Подруг у ней никогда не бывало, ума тоже. Замуж ей давно уже хотелось. При людях была она бессловесна, а дома, возле маиньки и приживалок, зла и сверлива, как буравчик. Она особенно любила щипаться и раздавать колотушки детям сестры своей, фискалить на них за утащенный сахар и хлеб, отчего между ней и старшей сестрой ее существовала бесконечная и неутолимая ссора. Старик сам предложил ее Пселдонимову. Как ни бедствовал тот, но, однако, попросил несколько времени на размышленье. Долго они вместе с матерью раздумывали. Но на невестино имя записывали дом, хоть и деревянный, хоть и одноэтажный и гаденький, но все-таки чего-нибудь стоивший. Сверх того, давали четыреста рублей, — когда-то их сам-то накопишь! "Я ведь к чему беру в дом человека? — кричал пьяный самодур. — Во-первых, для того, что все вы бабье, а мне надоело одно бабье. Я хочу, чтоб и Пселдонимов по моей дудке плясал, потому я ему благодетель. Во-вторых, потому беру, что вы все того не хотите и злитесь. Ну так вот назло вам и сделаю. Что сказал, то и сделаю! А ты, Порфирка, ее бей, когда женой тебе будет; в ней семь бесов от рождения сидит. Всех изгони, и клюку изготовлю..."

Пселдонимов молчал, но он уж решился. Их с матерью приняли в дом еще до свадьбы, обмыли, одели, обули, дали денег на свадьбу. Старик их покровительствовал, может быть, именно потому, что всё семейство на них злобствовало. Старуха Пселдонимова ему даже понравилась, так что он удерживался и над ней не шпынял. Впрочем, самого Пселдонимова заставил еще за неделю до свадьбы проплясать перед собой казачка. "Ну довольно, я хотел только видеть, не забываешься ли ты передо мной", — сказал он по окончании танца. Денег он дал на свадьбу в обрез и созвал всех родственников и знакомых своих. Со стороны Пселдонимова был только сотрудник "Головешки" и Аким Петрович, почетный гость. Пселдонимов очень хорошо знал, что невеста к нему питает отвращение и что ей очень бы хотелось за офицера, а не за него. Но он всё переносил, уж такой у них уговор был с матерью. Весь свадебный день и весь вечер старик ругался скверными словами и пьянствовал. Вся семья по случаю свадьбы приютилась в задних комнатах и стеснилась там до смрада. Передние же комнаты предназначались для бала и ужина. Наконец, когда старик заснул, совершенно пьяный, часов в одиннадцать вечера, мать невесты, особенно злившаяся в этот день на мать Пселдонимова, решилась переменить гнев на милость и выйти к балу и к ужину. Появление Ивана Ильича всё перевернуло. Млекопитаева сконфузилась, обиделась и начала ругаться, зачем ее не предуведомили, что звали самого генерала. Ее уверяли, что он пришел сам, незваный, — она была так глупа, что не хотела верить. Потребовалось шампанское. У матери Пселдонимова нашелся один только целковый, у самого Пселдонимова ни копейки. Надо было кланяться злой старухе Млекопитаевой, просить денег на одну бутылку, потом на другую. Ей представляли будущность служебных отношений, карьеру, усовещивали. Она дала наконец собственные деньги, но заставила Пселдонимова выпить такую чашу желчи и оцта, что он, уже неоднократно вбегая в комнатку, где приготовлено было брачное ложе, схватывал себя молча за волосы и бросался головой на постель, предназначенную для райских наслаждений, весь дрожа от бессильной злости. Да! Иван Ильич не знал, чего стоили две бутылки джаксона, выпитые им в этот вечер. Каковы же были ужас Пселдонимова, тоска и даже отчаяние, когда дело с Иваном Ильичом окончилось таким неожиданным образом. Опять представлялись хлопоты и, может быть, на целую ночь взвизги и слезы капризной новобрачной, укоры бестолковой невестиной родни. У него и без того уже голова болела, и без того уже чад и мрак застилали ему глаза. А тут Ивану Ильичу потребовалась помощь, надо было искать в три часа утра доктора или карету, чтобы свезти его домой, и непременно карету, потому что на ваньке в таком виде и такую особу нельзя было отправить домой. А где взять денег хотя бы для кареты? Млекопитаева, взбешенная тем, что генерал не сказал с ней двух слов и даже не посмотрел на нее за ужином, объявила, что у ней нет ни копейки. Может быть, и в самом деле не было ни копейки. Где взять? Что делать? Да, было отчего теребить себе волосы.

Между тем Ивана Ильича покамест перенесли на маленький кожаный диван, стоявший тут же в столовой. Покамест убирали со столов и разбирали их, Пселдонимов бросался во все углы занять денег, пробовал даже занять у прислуги, но ни у кого ничего не оказалось. Он даже рискнул было побеспокоить Акима Петровича, остававшегося дольше других. Но тот, хоть и добрый человек, услышав о деньгах, пришел в такое недоуменье и в такой даже испуг, что наговорил самой неожиданной дряни.

— В другое время я с удовольствием, — бормотал он, — а теперь... право, меня извините...

И, взяв шапку, поскорей бежал из дому. Один только добросердечный юноша, рассказывавший про сонник, еще пригодился на что-нибудь, да и то некстати. Он тоже оставался дольше всех, принимая сердечное участие в бедствиях Пселдонимова. Наконец, Пселдонимов, мать его и юноша решили на общем совете не посылать за доктором, а лучше послать за каретой и свезти больного домой, а покамест, до кареты, испробовать над ним некоторые домашние средства, как-то: смачивать виски и голову холодной водой, прикладывать к темени льду и проч. За это уж взялась мать Пселдонимова, Юноша полетел отыскивать карету. Так как на Петербургской даже и ванек в этот час уже не было, то он отправился к извозчикам куда-то далеко на подворье, разбудил кучеров. Стали торговаться, говорили, что в такой час за карету и пяти рублей взять мало. Согласились, однако ж, на трех. Но когда, уже в исходе четвертого часа, юноша прибыл в нанятой карете к Пселдонимовым, у них уже давно переменилось решенье. Оказалось, что Иван Ильич, который был всё еще не в памяти, до того разболелся, до того стонал и метался, что переносить его и везти в таком состоянии домой стало совершенно невозможным и даже рискованным. "Еще что из этого выйдет?" — говорил совершенно обескураженный

Пселдонимов. Что было делать? Возник новый вопрос. Если уж оставить больного дома, то куда же перенести его и где положить? Во всем доме было только две кровати: одна огромная, двуспальная, на которой спали старик Млекопитаев с супругою, и другая новокупленная, под орех, тоже двуспальная и назначенная для новобрачных. Все прочие обитатели, или, лучше сказать, обитательницы дома, спали на полу, вповалку, более на перинах, отчасти уже попортившихся и продушенных, то есть вовсе неприличных, да и тех было ровно в обрез; даже и того не было. Куда же положить больного? Перина-то бы еще, пожалуй, и нашлась — можно было вытащить из-под кого-нибудь в крайнем случае, но где и на чем постлать? Оказалось, что постлать надо в зале, так как комната эта была отдаленнейшею от недр семейства и имела свой особый выход. Но на чем постлать? неужели на стульях? Известно, что на стульях стелют только одним гимназистам, когда они приходят с субботы на воскресенье домой, а для особы, как Иван Ильич, это было бы очень неуважительно. Что сказал бы он назавтра, увидя себя на стульях? Пселдонимов и слышать не хотел об этом. Оставалось одно: перенести его на брачное ложе. Это брачное ложе, как мы уже сказали, было устроено в маленькой комнатке, тотчас же подле столовой. На кровати был двуспальный, еще не обновленный, новокупленный матрас, чистое белье, четыре подушки в розовом коленкоре, а сверху в кисейных чехлах, обшитых рюшем. Одеяло было атласное, розовое, выстеганное узорами. Из золотого кольца сверху опускались кисейные занавески. Одним словом, всё было как следует, и гости, почти все перебывавшие в спальне, похвалили убранство. Новобрачная хоть и терпеть не могла Пселдонимова, но в продолжение вечера несколько раз, и особенно украдкой, забегала сюда посмотреть. Каково же было ее негодование, ее злость, когда она узнала, что на ее брачное ложе хотят перенести больного, заболевшего чем-то вроде холерины! Маменька новобрачной вступилась было за нее, бранилась, обещалась назавтра же жаловаться мужу; но Пселдонимов показал себя и настоял: Ивана Ильича перенесли, а новобрачным постлали в зале на стульях. Молодая хныкала, готова была щипаться, но ослушаться не посмела: у папаши был костыль, ей очень знакомый, и она знала, что папаша непременно завтра потребует кой в чем подробного отчета. В утешение ее перенесли в залу розовое одеяло и подушки в кисейных чехлах. В эту-то минуту и прибыл юноша с каретой; узнав, что карета уже не нужна, он ужасно испугался. Приходилось платить ему самому, а у него а гривенника еще никогда не было. Пселдонимов объявил свое полное банкротство. Пробовали уговорить извозчика. Но он начал шуметь и даже стучать в ставни. Чем это кончилось, подробно не знаю. Кажется, юноша отправился в этой карете пленником на Пески, в четвертую Рождественскую улицу, где он надеялся разбудить одного студента, заночевавшего у своих знакомых, и попытаться: нет ли у него денег? Был уже пятый час утра, когда молодых оставили и заперли в зале. У постели страждущего осталась на всю ночь мать Пселдонимова. Она приютилась на полу, на коврике, и накрылась шубенкой, но спать не могла, потому что принуждена была вставать поминутно: с Иваном Ильичам сделалось ужасное расстройство желудка. Пселдонимова, женщина мужественная и великодушная, раздела его сама, сняла с него всё платье, ухаживала за ним, как за родным сыном, и всю ночь выносила через коридор из спальни необходимую посуду и вносила ее опять. И, однако ж, несчастия этой ночи еще далеко не кончились.

Не прошло десяти минут, после того мак молодых заперли одних в зале, как вдруг послышался раздирающий крик, не отрадный крик, а самого злокачественного свойства. Вслед за криками послышался шум, треск, как будто падение стульев, и вмиг в комнату, еще темную, неожиданно ворвалась целая толпа ахающих и испуганных женщин во всевозможных дезабилье. Эти женщины были: мать новобрачной, старшая сестра ее, бросившая на это время своих больных детей, три ее тетки, приплелась даже и та, у которой было сломанное ребро. Даже кухарка была тут же, даже приживалка-немка, рассказывавшая сказки, из-под которой вытащили силой для новобрачных ее собственную перину, лучшую в доме и составлявшую всё ее имение, приплелась вместе с прочими. Все эти почтенные и прозорливые женщины уже с четверть часа как пробрались из кухни через коридор на цыпочках и подслушивали в передней, пожираемые самым необъяснимым любопытством. Между тем кто-то наскоро зажег свечку, и всем представилось неожиданное зрелище. Стулья, не выдержавшие двойной тяжести и подпиравшие широкую перину только с краев, разъехались, и перина провалилась между ними на пол. Молодая хныкала от злости; в этот раз она была до сердца обижена. Нравственно убитый Пселдонимов стоял как преступник, уличенный в злодействе. Он даже не пробовал оправдываться. Со всех сторон раздавались ахи и взвизги. На шум прибежала и мать Пселдонимова, но маинька новобрачной на этот раз одержала полный верх. Она сначала осыпала Пселдонимова странными и по большей части несправедливыми упреками на тему: "Какой ты, батюшка, муж после этого? Куда ты, батюшка, годен, после такого сраму?" — и прочее и, наконец, взяв дочку за руку, увела ее от мужа к себе, взяв лично на себя ответственность назавтра перед грозным отцом, потребующим отчета. За нею убрались и все, ахая и покивая головами своими. С Пселдонимовым осталась только мать его и попробовала его утешить. Но он немедленно прогнал ее от себя.

Ему было не до утешений. Он добрался до дивана и сел в угрюмейшем раздумье, так как был босой и в необходимейшем белье. Мысли перекрещивались и путались в его голове. Порой, как бы машинально, он оглядывал кругом эту комнату, где еще так недавно бесились танцующие и где еще ходил по воздуху папиросный дым. Окурки папирос и конфетные бумажки всё еще валялись на залитом и изгаженном полу. Развалина брачного ложа и опрокинутые стулья свидетельствовали о бренности самых лучших и вернейших земных надежд и мечтаний. Таким образом он просидел почти час. Ему приходили в голову всё тяжелые мысли, как например: что-то теперь ожидает его на службе? он мучительно сознавал, что надо переменить место службы во что бы ни стало, а оставаться на прежнем невозможно, именно вследствие всего, что случилось в сей вечер. Приходил ему в голову и Млекопитаев, который, пожалуй, завтра же заставит его опять плясать казачка, чтоб испытать его кротость. Сообразил он тоже, что Млекопитаев хоть и дал пятьдесят рублей на свадебный день, которые ушли до копейки, но четыреста рублей приданых и не думал еще отдавать, даже помину о том еще не было. Да и на самый дом еще не было полной формальной записи. Задумывался он еще о жене своей, покинувшей его в самую критическую минуту его жизни, о высоком офицере, становившемся на одно колено перед его женой. Он это уже успел заметить; думал он о семи бесах, сидевших в жене его, по собственному свидетельству ее родителя, и о клюке, приготовленной для изгнания их... Конечно, он чувствовал себя в силах многое перенести, но судьба подпускала, наконец, такие сюрпризы, что можно было, наконец, и усомниться в силах своих.

Так горевал Пселдонимов. Между тем огарок погасал. Мерцающий свет его, падавший прямо на профиль Пселдонимова, отражал его в колоссальном виде на стене, с вытянутой шеей, с горбатым носом и с двумя вихрами волос, торчавшими на лбу и на затылке. Наконец, когда уже повеяло утренней свежестью, он встал, издрогший и онемевший душевно, добрался до перины, лежавшей между стульями, и, не поправляя ничего, не потушив огарка, даже не подложив под голову подушки, всполз на четвереньках на постель и заснул тем свинцовым, мертвенным сном, каким, должно быть, спят приговоренные назавтра к торговой казни.

С другой стороны, что могло сравниться и с той мучительной ночью, которую провел Иван Ильич Пралинский на брачном ложе несчастного Пселдонимова! Некоторое время головная боль, рвота и прочие неприятнейшие припадки не оставляли его ни на минуту. Это были адские муки. Сознание, хотя и едва мелькавшее в его голове, озаряло такие бездны ужаса, такие мрачные и отвратительные картины, что лучше, если бы он и не приходил в сознание. Впрочем, всё еще мешалось в его голове. Он узнавал, например, мать Пселдонимова — слышал ее незлобивые увещания вроде:

"Потерпи, мой голубчик, потерпи, батюшка, стерпится — слюбится", узнавал и не мог, однако, дать себе никакого логического отчета в ее присутствии подле себя. Отвратительные привидения представлялись ему: чаще всех представлялся ему Семен Иваныч, но, вглядываясь пристальнее, он замечал, что это вовсе не Семен Иваныч, а нос Пселдонимова. Мелькали перед ним и вольный художник, и офицер, и старуха с подвязанной щекой. Более всего занимало его золотое кольцо, висевшее над его головою, в которое продеты были занавески. Он различал его ясно при свете тусклого огарка, освещавшего комнату, и всё добивался мысленно: к чему служит это кольцо, зачем оно здесь, что означает? Он несколько раз спрашивал об этом старуху, но говорил, очевидно, не то, что хотел выговорить, да и та, видимо, его не понимала, как он ни добивался объяснить. Наконец, уже под утро, припадки прекратились, и он заснул, заснул крепко, без снов. Он проспал около часу, и когда проснулся, то был уже почти в полном сознании, чувствуя нестерпимую головную боль, а во рту, на языке, обратившемся в какой-то кусок сукна, сквернейший вкус. Он привстал на кровати, огляделся и задумался. Бледный свет начинавшегося дня, пробравшись сквозь щели ставен узкою полоскою, дрожал на стене. Было около семи часов утра. Но когда Иван Ильич вдруг сообразил и припомнил всё, что с ним случилось с вечера; когда припомнил все приключения за ужином, свой манкированный подвиг, свою речь за столом; когда представилось ему разом, с ужасающей ясностью всё, что может теперь из этого выйти, всё, что скажут теперь про него и подумают; когда он огляделся и увидал, наконец, до какого грустного и безобразного состояния довел он мирное брачное ложе своего подчиненного, — о, тогда такой смертельный стыд, такие мучения сошли вдруг в его сердце, что он вскрикнул, закрыл лицо руками и в отчаянии бросился на подушку. Через минуту он вскочил с постели, увидал тут же на стуле свое платье, в порядке сложенное и уже вычищенное, схватил его и поскорее, торопясь, оглядываясь и чего-то ужасно боясь, начал его напяливать. Тут же на другом стуле лежала и шуба его, и шапка, и желтые перчатки в шапке.

Он хотел было улизнуть тихонько. Но вдруг отворилась дверь, и вошла старуха Пселдонимова, с глиняным тазом и рукомойником. На плече ее висело полотенце. Она поставила рукомойник и без дальних разговоров объявила, что умыться надобно непременно.

— Как же, батюшка, умойся, нельзя же не умывшись-то...

И в это мгновение Иван Ильич сознал, что если есть на всем свете хоть одно существо, которого он бы мог теперь не стыдиться и не бояться, так это именно эта старуха. Он умылся. И долго потом в тяжелые минуты его жизни припоминалась ему, в числе прочих угрызений совести, и вся обстановка этого пробуждения, и этот глиняный таз с фаянсовым рукомойником, наполненным холодной водой в которой еще плавали льдинки, и мыло, в розовой бумажке, овальной формы, с какими-то вытравленными на нем буквами, копеек в пятнадцать ценою, очевидно, купленное для новобрачных, но которое пришлось почать Ивану Ильичу; и старуха с камчатным полотенцем на левом плече Холодная вода освежила его, он утерся и, не сказав ни слова, не поблагодарив даже свою сестру милосердия, схватил шапку, подхватил на плеча шубу, поданную ему Пселдонимовой, и через коридор, через кухню, в которой уже мяукала кошка и где кухарка, приподнявшись на своей подстилке, с жадным любопытством посмотрела ему вслед, выбежал на двор, на улицу и бросился к проезжавшему извозчику. Утро было морозное, мерзлый желтоватый туман застилал еще дома и все предметы. Иван Ильич поднял воротник. Он думал, что на него все смотрят, что его все знают, все узнают...

Восемь дней он не выходил из дому и не являлся в должность. Он был болен, мучительно болен, но более нравственно, чем физически. В эти восемь дней он выжил целый ад, и, должно быть, они зачлись ему на том свете Были минуты, когда он было думал постричься в монахи Право, были. Даже воображение его начинало особенно гулять в этом случае. Ему представлялось тихое, подземное пенье, отверзтый гроб, житье в уединенной келье, леса и пещеры; но, очнувшись, он почти тотчас же сознавался, что всё это ужаснейший вздор и преувеличения, и стыдился этого вздора. Потом начинались нравственные припадки, имевшие в виду его existence manquИе Потом стыд снова вспыхивал в душе его, разом овладевал ею и всё выжигал и растравливал. Он содрогался, представляя себе разные картины. Что скажут о нем, что подумают, как он войдет в канцелярию, какой шепот его будет преследовать целый год, десять лет, всю жизнь. Анекдот его пройдет в потомство. Он впадал даже иногда в такое малодушие, что готов был сейчас же ехать к Семену Ивановичу и просить у него прощения и дружбы. Сам себя он даже и не оправдывал, он порицал себя окончательно: он не находил себе оправданий и стыдился их.

Думал он тоже подать немедленно в отставку и так, просто, в уединении посвятить себя счастью человечества. Во всяком случае, надо было непременно переменить всех знакомых и даже так, чтоб искоренить всякое о себе воспоминание. Потом ему приходили мысли, что и это вздор и что при усиленной строгости с подчиненными всё дело еще можно поправить. Тогда он начинал надеяться и ободряться. Наконец, по прошествии целых восьми дней сомнений и муки, он почувствовал, что не может более выносить неизвестности, и un beau matin[4] решился отправиться в канцелярию.

Прежде, когда еще он сидел дома, в тоске, он тысячу раз представлял себе, как он войдет в свою канцелярию. С ужасом убеждался он, что непременно услышит за собою двусмысленный шепот, увидит двусмысленные лица, пожнет злокачественнейшие улыбки. Каково же было его изумление, когда на деле ничего этого не случилось. Его встретили почтительно; ему кланялись; все были серьезны; все были заняты. Радость наполнила его сердце, когда он. пробрался к себе в кабинет.

Он тотчас же и пресерьезно занялся делом, выслушал некоторые доклады и объясненья, положил решения. Он чувствовал, что никогда еще он не рассуждал и не решал так умно, так дельно, как в это утро. Он видел, что им довольны,

---

[4] в одно прекрасное утро (франц.).

53

что его почитают, что относятся к нему с уважением. Самая щекотливая мнительность не могла бы ничего заметить. Дело шло великолепно.

Наконец явился и Аким Петрович с какими-то бумагами. При появлении его что-то как будто кольнуло Ивана Ильича в самое сердце, но только на один миг. Он занялся с Аким Петровичем, толковал важно, указывал ему, как надо сделать, и разъяснял. Он заметил только, что он как будто избегает слишком долго глядеть на Акима Петровича или, лучше сказать, что Аким Петрович боялся глядеть на него. Но вот Аким Петрович кончил и стал собирать бумаги.

— А вот еще просьба есть, — начал он как можно суше, — чиновника Пселдонимова о переводе его в департамент... Его превосходительство Семен Иванович Шипуленко обещали ему место. Просит вашего милостивого содействия, ваше превосходительство.

— А, так он переходит, — сказал Иван Ильич и почувствовал, что огромная тяжесть отошла от его сердца. Он взглянул на Акима Петровича, и в это мгновение взгляды их встретились.

— Что ж, я с моей стороны... я употреблю, — отвечал Иван Ильич, — я готов.

Аким Петрович, видимо, хотел поскорей улизнуть. Но Иван Ильич вдруг, в порыве благородства, решился высказаться окончательно. На него, очевидно, опять нашло вдохновение.

— Передайте ему, — начал он, устремляя ясный и полный глубокого значения взгляд на Акима Петровича, — передайте Пселдонимову, что я ему не желаю зла; да, не желаю!.. Что, напротив, я готов даже забыть всё прошедшее, забыть всё, всё...

Но вдруг Иван Ильич осекся, смотря в изумлении на странное поведение Акима Петровича, который из рассудительного человека, неизвестно почему, оказался вдруг ужаснейшим дураком. Вместо того чтоб слушать и дослушать, он вдруг покраснел до последней глупости, начал как-то уторопленно и даже неприлично кланяться какими-то маленькими поклонами и вместе с тем пятиться к дверям. Весь вид его выражал желание провалиться сквозь землю или, лучше сказать, добраться поскорее до своего стола. Иван Ильич, оставшись один, встал в замешательстве со стула. Он смотрел в зеркало и не замечал лица своего.

— Нет, строгость, одна строгость и строгость! — шептал он почти бессознательно про себя, и вдруг яркая краска облила всё его лицо. Ему стало вдруг до того стыдно, до того тяжело, как не бывало в самые невыносимые минуты его восьмидневной болезни. "Не выдержал!" — сказал он про себя и в бессилии опустился на стул.

СЛАБОЕ СЕРДЦЕ

Под одной кровлей, в одной квартире, в одном четвертом этаже жили два молодые сослуживца Аркадий Иванович Нефедевич и Вася Шумков... Автор, конечно, чувствует необходимость объяснить читателю, почему один герой назван полным, а другой уменьшительным именем, хоть бы, например, для того только, чтоб не сочли такой способ выражения неприличным и отчасти фамильярным. Но для этого было бы необходимо предварительно объяснить и описать и чин, и лета, и звание, и должность, и, наконец, даже характеры действующих лиц; а так как много таких писателей, которые именно так начинают, то автор предлагаемой повести, единственно для того чтоб не походить на них (то есть, как скажут, может быть, некоторые, вследствие неограниченного своего самолюбия), решается начать прямо с действия. Кончив такое предисловие, он начинает.

Вечером, накануне Нового года, часу в шестом, Шумков воротился домой. Аркадий Иванович, который лежал на кровати, проснулся и вполглаза посмотрел на своего приятеля. Он увидал, что тот был в своей превосходнейшей партикулярной паре и в чистейшей манишке. Это, разумеется, его поразило. "Куда бы ходить таким образом Васе? да и не обедал он дома!" Шумков между тем зажег свечку, и Аркадий Иванович немедленно догадался, что приятель собирается разбудить его нечаянным образом. Действительно, Вася два раза кашлянул, два раза прошелся по комнате и, наконец, совершенно нечаянно выпустил из рук трубку, которую было стал набивать в уголку, возле печки. Аркадия Ивановича взял смех про себя.

— Вася, полно хитрить! — сказал он.

— Аркаша, не спишь?

— Право, наверно не могу сказать; кажется мне, что не сплю.

— Ах, Аркаша! здравствуй, голубчик! Ну, брат! ну, брат!.. Ты не знаешь, что я скажу тебе!

— Решительно не знаю; подойди-ка сюда. Вася, как будто ждал того, немедленно подошел, никак не ожидая, впрочем, коварства от Аркадия Ивановича. Тот как-то преловко схватил его за руки, повернул, подвернул под себя и начал, как говорится, "душить" жертвочку, что, казалось, доставляло неимоверное удовольствие веселому Аркадию Ивановичу.

— Попался! — закричал он, — попался!

— Аркаша, Аркаша, что ты делаешь? Пусти, ради бога, пусти, я фрак замараю!..

— Нужды нет; зачем тебе фрак? зачем ты такой легковерный, что сам в руки даешься? Говори, куда ты ходил, где обедал?

— Аркаша, ради бога, пусти!

— Где обедал?

— Да про это-то я и хочу рассказать.

— Так рассказывай.

— Да ты прежде пусти.

— Так вот нет же, не пущу, пока не расскажешь!

— Аркаша, Аркаша! да понимаешь ли ты, что ведь нельзя, никак невозможно! — кричал слабосильный Вася, выбиваясь из крепких лап своего неприятеля, — ведь есть такие материи!..

— Какие материи?..

— Да такие, что вот о которых начнешь рассказывать в таком положении, так теряешь достоинство; никак нельзя; выйдет смешно — а тут дело совсем не смешное, а важное.

— И ну его, к важному! вот еще выдумал! Ты мне рассказывай так, чтоб я смеяться хотел, вот как рассказывай; а важного я не хочу; а то какой же ты будешь приятель? вот ты мне скажи, какой же ты будешь приятель? а?

— Аркаша, ей-богу, нельзя!

— И слышать не хочу...

— Ну, Аркаша! — начал Вася, лежа поперек кровати и стараясь всеми силами придать как можно более важности словам своим. — Аркаша! я, пожалуй, скажу; только...

— Ну что!..

— Ну, я помолвил жениться!

Аркадий Иванович, не говоря более праздного слова, взял

57

молча Васю на руки, как ребенка, несмотря на то что Вася был не совсем коротенький, но довольно длинный, только худой, и преловко начал его носить из угла в угол по комнате, показывая вид, что его убаюкивает.

— А вот я тебя, жених, спеленаю, — приговаривал он. Но, увидя, что Вася лежит на его руках, не шелохнется и не говорит более ни слова, тотчас одумался и взял в соображение, что шутки, видно, далеко зашли; он поставил его среди комнаты и самым искренним, дружеским образом облобызал его в щеку.

— Вася, не сердишься?..

— Аркаша, послушай...

— Ну, для Нового года.

— Да я-то ничего; да зачем же ты сам такой сумасшедший, повеса такой? Сколько я раз тебе говорил: Аркаша, ей-богу, не остро, совсем не остро!

— Ну, да не сердишься?

— Да я ничего; на кого я сержусь когда! Да ты меня огорчил, понимаешь ли ты!

— Да как огорчил? каким образом?

— Я шел к тебе как к другу, с полным сердцем, излить перед тобой свою душу, рассказать тебе мое счастие...

— Да какое же счастие? что ж ты не говоришь?...

— Ну, да я женюсь-то! — отвечал с досадою Вася, потому что действительно немного был взбешен.

— Ты! ты женишься! так и вправду? — закричал благим матом Аркаша. — Нет, нет... да что ж это? и говорит так, и слезы текут!.. Вася, Васюк ты мой, сыночек мой, полно! Да вправду, что ль? — И Аркадий Иванович бросился к нему снова с объятиями.

— Ну, понимаешь, из-за чего теперь вышло? — сказал Вася. — Ведь ты добрый, ты друг, я это знаю. Я иду к тебе с такою радостью, с восторгом душевным, и вдруг всю радость сердца, весь этот восторг я должен был открыть, барахтаясь поперек кровати, теряя достоинство... Ты понимаешь, Аркаша, — продолжал Вася полусмеясь, — ведь это было в комическом виде: ну, а я некоторым образом не принадлежал себе в эту минуту. Я же не мог унижать этого дела... Вот еще б ты спросил меня: как зовут? Вот клянусь, скорей убил бы меня, а я бы тебе не ответил.

— Да, Вася, что же ты молчал! да ты бы мне всё раньше сказал, я бы и не стал шалить, — закричал Аркадий Иванович в истинном отчаянии.

— Ну, полно же, полно! я ведь так это... Ведь ты знаешь, отчего это всё, — оттого, что у меня доброе сердце. Вот мне и досадно, что я не мог сказать тебе, как хотел, обрадовать, принесть удовольствие, рассказать хорошо, прилично посвятить тебя... Право, Аркаша, я тебя так люблю, что, не будь тебя, я бы, мне кажется, и не женился, да и не жил бы на свете совсем!

Аркадий Иванович, который необыкновенно был чувствителен, и смеялся, и плакал, слушая Васю. Вася тоже. Оба снова бросились в объятия и позабыли о бывшем.

— Как же, как же это? расскажи мне всё, Вася! Я, брат, извини меня, я поражен, совсем поражен; вот точно громом сразило, ей-богу! Да нет же, брат, нет, ты выдумал, ей-богу, выдумал, ты наврал! — закричал Аркадий Иванович и даже с неподдельным сомнением взглянул в лицо Васи, но, видя в нем блестящее подтверждение непременного намерения жениться как можно скорее, бросился в постель и начал кувыркаться в ней от восторга, так что стены дрожали.

— Вася, садись сюда! — закричал он, усевшись наконец на кровати.

— Уж я, братец, право, не знаю, как и начать, с чего! Оба в радостном волнении смотрели друг на друга.

— Кто она, Вася?

— Артемьевы!.. — произнес Вася расслабленным от счастия голосом.

— Нет?

— Ну, да я тебе уши прожужжал об них, потом замолк, а ты ничего и не приметил. Ах, Аркаша, чего стоило мне скрывать от тебя; да боялся, боялся говорить! Думал, что всё расстроится, а я ведь влюблен, Аркаша! Боже мой, боже мой! Видишь ли, вот какая история, — начал он, беспрерывно останавливаясь от волнения, — у ней был жених, еще год назад, да вдруг его командировали куда-то; я и знал его — такой, право, бог с ним! Ну, вот он и не пишет совсем, запал. Ждут, ждут; что бы это значило?.. Вдруг он, четыре месяца назад, приезжает женатый и к ним ни ногой. Грубо! подло! да за них заступиться некому. Плакала, плакала она, бедная, а я и влюбись в нее... да я и давно, всегда был влюблен! Вот стал утешать, ходил, ходил... ну, и я, право, не знаю, как это всё произошло, только и она меня полюбила; неделю назад я не выдержал, заплакал, зарыдал и сказал ей всё — ну! что люблю ее — одним словом, всё!.. "Я вас сама любить готова, Василий Петрович, да я бедная девушка, не насмейтесь надо мной; я и любить-то никого не смею". Ну, брат, понимаешь! понимаешь?.. Мы тут с ней на слове и помолвились; я думал-думал, думал-думал; говорю: как сказать маменьке? Она говорит: трудно, подождите немножко; она боится; теперь еще, пожалуй, не отдаст меня вам; сама плачет. Я, ей не сказавшись, бряк старухе сегодня. Лизанька перед ней на колени, я тоже... ну, и благословила. Аркаша, Аркаша! голубчик ты мой! будем жить вместе. Нет! я с тобой ни за что не расстанусь.

— Вася, как я ни смотрю на тебя, а не верю, ей-богу, как-то не верю, клянусь тебе. Право, мне всё что-то кажется... Послушай, как же это ты женишься?.. Как же я не знал, а? Право, Вася, я, уже признаюсь тебе, я сам, брат, думал жениться; а уж как теперь ты женишься, так уж всё равно! Ну, будь счастлив, будь счастлив!..

— Брат, теперь так сладко в сердце, так легко на душе... — сказал Вася, вставая и шагая в волнении по комнате. — Не правда ли, не правда ли? ведь ты чувствуешь то же? Мы будем жить бедно, конечно, но счастливы будем; и ведь это не химера; наше счастье-то ведь не из книжки сказано: ведь это на деле счастливы мы будем!..

— Вася, Вася, послушай!

— Что? — сказал Вася, остановясь перед Аркадием Ивановичем.

— Мне пришла мысль; право, я как-то боюсь и сказать тебе!.. Ты прости меня, ты разреши мои сомнения. Чем же ты жить будешь? Я, знаешь, я в восторге, что ты женишься,

60

конечно, в восторге и владеть собой не могу, но — чем ты жить будешь? а?

— Ах, боже, боже мой! какой ты, Аркаша! — сказал Вася, в глубоком удивлении смотря на Нефедевича. — Да что ты в самом деле? Даже старуха, и та двух минут не подумала, когда я ей представил всё ясно. Ты спроси, чем они жили? Ведь пятьсот рублей в год на троих: ведь всего-то пенсиону после покойника столько. Жила она, да старуха, да еще братишка, за которого в школу платят из тех же денег, — ведь вот как живут! Ведь это только мы капиталисты с тобой! А у меня, поди-ка ты, в иной год, в хороший, даже семьсот наберется.

— Послушай, Вася; ты меня извини; я, ей-богу, я так. ведь, я всё только думаю, как бы это не расстроить, — каких же семьсот? только триста...

— Триста!.. А Юлиан Мастакович? забыл?

— Юлиан Мастакович! да ведь это дело, братец, неверное; это не то, что триста рублей верного жалованья, где всякий рубль как друг неизменный. Юлиан Мастакович, конечно, ну, даже великий он человек, я его уважаю, понимаю его, даром что он так высоко стоит, и, ей-богу, люблю его, потому что он тебя любит и тебе за работу дарит, тогда как мог бы не платить, а командировать себе прямо чиновника — но ведь согласись сам, Вася... Послушай еще: я ведь не вздор говорю; я согласен, во всем Петербурге не найдешь такого почерка, как твой почерк, я готов тебе уступить, — не без восторга заключил Нефедевич, — но вдруг, боже сохрани! ты не понравишься, вдруг ты не угодишь ему, вдруг у него дела прекратятся, вдруг он другого возьмет — ну да, наконец, мало ли что может случиться! Ведь Юлиан-то Мастакович был да сплыл, Вася...

— Послушай, Аркаша, ведь этак, пожалуй, над нами сейчас потолок провалится...

— Ну, конечно, конечно... я ведь ничего...

— Нет, послушай меня, ты выслушай — видишь что: каким он образом может со мною расстаться... Нет, ты только выслушай, выслушай. Ведь я всё исполняю рачительно; ведь он такой добрый, ведь он мне, Аркаша, ведь он мне сегодня дал пятьдесят рублей серебром!

— Неужели, Вася? так тебе награждение?

— Какое награждение! из своего кармана. Говорит: уж ты, брат, пятый месяц денег не получал; хочешь, возьми; спасибо, говорит, тебе, спасибо, доволен... ей-богу! не даром же ты мне, говорит, работаешь — право! так и сказал. У меня слезы полились, Аркаша. Господи боже!

— Послушай, Вася, а ты дописал те бумаги?..

— Нет... еще не дописал.

— Ва...сенька! ангел мой! что ты сделал?

— Послушай, Аркадий, ничего, еще два дня сроку, успею...

— Как же ты это так не писал?..

— Ну вот, ну вот! ты с таким убитым видом смотришь, что у меня вся внутренность ворочается, сердце болит! Ну, что ж? ты меня всегда этак убиваешь! Так и закричит: а-а-а!!! Да ты рассуждай; ну, что ж такое? ну, кончу, ей-богу, кончу...

— Что если не кончишь? — закричал Аркадий, вскочив. — А он же тебе сегодня дал награждение! Ты же тут женишься... Ай-ай-ай!..

— Ничего, ничего, — закричал Шумков, — я сейчас же и сажусь, сию минуту сажусь; ничего!

— Как это ты манкировал, Васютка?

— Ах, Аркаша! ну, мог ли я усидеть? такой ли я был? Да я в канцелярии-то едва сидел; ведь я сердца сносить не мог... Ах! ах! теперь ночь просижу, и завтра ночь просижу, да послезавтра еще, и — докончу!..

— Много осталось?

— Не мешай, ради бога, не мешай, замолчи... Аркадий Иванович на цыпочках подошел к кровати и уселся; потом вдруг хотел было встать, но потом опять принужден был сесть, вспомнив, что помешать может, хотя и сидеть не мог от волнения: видно было, что его совсем перевернуло известие и первый восторг еще не успел выкипеть в нем. Он взглянул на Шумкова, тот взглянул на него, улыбнулся, погрозил ему пальцем и потом, страшно нахмурив брови (как будто в этом заключалась вся сила и весь успех работы), уставился глазами в бумаги.

Казалось, и он тоже еще не пересилил своего волнения,

переменял перья, вертелся на стуле, пристроивался, опять принимался писать, но рука его дрожала и отказывалась двигаться.

— Аркаша! Я им говорил об тебе, — закричал он вдруг, как будто только что вспомнил.

— Да? — закричал Аркадий, — а я только спросить хотел; ну!

— Ну! ах да, я тебе после всё расскажу! Вот, ей-богу, сам виноват, а совсем из ума вышло, что не хотел ничего говорить, покамест не напишу четырех листов; да вспомнил про тебя и про них. Я, брат, и писать как-то не могу: всё об вас вспоминаю... — Вася улыбнулся.

Настало молчание.

— Фу! какое скверное перо! — закричал Шумков, ударив в досаде им по столу. Он взялся за другое.

— Вася! послушай! одно слово...

— Ну! поскорей и в последний раз.

— Много тебе осталось?

— Ах, брат!.. — Вася так поморщился, как будто ничего в свете не было ужаснее и убийственнее такого вопроса. — Много, ужасно много!

— Знаешь, у меня была идея...

— Что?

— Да нет, уж нет, пиши.

— Ну, что? что?

— Теперь седьмой час, Васюк!

Тут Нефедевич улыбнулся и плутовски подмигнул Васе, но, однако ж, все-таки несколько с робостию, не зная, как примет он это.

— Ну, что ж? — сказал Вася, бросив совсем писать, смотря ему прямо в глаза и даже побледнев от ожидания.

— Знаешь что?

— Ради бога, что?

— Знаешь что? Ты взволнован, ты много не наработаешь... Постой, постой, постой, постой — вижу, вижу — слушай! — заговорил Нефедевич, вскочив в восторге с постели и прерывая заговорившего Васю, всеми силами отстраняя возражения. —

Прежде всего нужно успокоиться, нужно с духом собраться, так ли?

— Аркаша! Аркаша! — закричал Вася, вскочив с кресел. — Я просижу всю ночь, ей-богу, просижу!

— Ну, да, да! Ты к утру только заснешь...

— Не засну, ни за что не засну...

— Нет, нельзя, нельзя; конечно, заснешь, в пять часов засни. В восемь я тебя бужу. Завтра праздник; ты садишься и строчишь целый день... Потом ночь и — да много ль осталось тебе?..

— Да вот, вот!..

Вася, дрожа от восторга и от ожидания, показал тетрадку.

— Вот!..

— Послушай, брат, ведь это немного...

— Дорогой мой, еще там есть, — сказал Вася, робко-робко смотря на Нефедевича, как будто от него зависело разрешение, идти или нет.

— Сколько?

— Два... листочка...

— Ну, что ж? ну, послушай! Ведь кончить успеем, ей-богу, успеем!

— Аркаша!

— Вася! послушай! Теперь под Новый год все по семействам собираются, мы с тобой только бездомные, сирые... у! Васенька!..

Нефедевич облапил Васю и стиснул в своих львиных объятиях...

— Аркадий, решено!

— Васюк, я только об этом сказать хотел. Видишь, Васюк, косолапый ты мой! слушай! слушай! ведь...

Аркадий остановился с открытым ртом, потому что не мог говорить от восторга. Вася держал его за плечи, глядел ему во все глаза и так двигал губами, как будто сам хотел договорить за него.

— Ну! — проговорил он наконец.

— Представь им сегодня меня!

— Аркадий! идем туда чай пить! Знаешь что? знаешь что?

даже до Нового года не досидим, раньше уйдем, — закричал Вася в истинном вдохновенье.

— То есть два часа, ни больше ни меньше!..

— И потом разлука до тех пор, пока не докончу!..

— Васюк!..

— Аркадий!

В три минуты Аркадий был по-парадному. Вася только почистился, затем что и не снимал своей пары: с таким рвением присел он за дело.

Они поспешно вышли на улицу, один радостнее другого. Путь лежал с Петербургской стороны в Коломну. Аркадий Иванович отмеривал шаги бодро и энергично, так что по одной походке его уже можно было видеть всю его радость о благополучии всё более и более счастливого Васи. Вася семенил более мелким шажком, но не теряя достоинства. Напротив, Аркадий Иванович еще никогда не видал его в более выгодном для него свете. Он в эту минуту даже как-то более уважал его, и известный телесный недостаток Васи, о котором до сих пор еще не знает читатель (Вася был немного кривобок), вызывавший всегда глубоко любящее чувство сострадания в добром сердце Аркадия Ивановича, теперь еще более способствовал к глубокому умилению, которое особенно питал к нему друг его в эту минуту и которого Вася, уж разумеется, всячески был достоин. Аркадию Ивановичу даже хотелось заплакать от счастия; но он удержался.

— Куда, куда, Вася? здесь ближе пройдем! — вскричал он, видя, что Вася норовит повернуть к Вознесенскому.

— Молчи, Аркаша, молчи...

— Право, ближе, Вася.

— Аркаша! Знаешь ли что? — начал Вася таинственно, замирающим от радости голосом. — Знаешь ли что? Мне хочется принести подарочек Лизаньке...

— Что ж такое?

— Здесь, брат, на углу мадам Леру, чудесный магазин!

— А, ну!

— Чепчик, душечка, чепчик; сегодня я видел такой чепчоночек миленький; я спрашивал: фасон, говорят, Manon

Lescaut[5] называется — чудо! ленты серизовые, и если недорого... Аркаша, да хоть бы и дорого!..

— Ты, по-моему, выше всех поэтов, Вася! идем!.. Они побежали и через две минуты вошли в магазин. Их встретила черноглазая француженка в локонах, которая тотчас же, при первом взгляде на своих покупателей, сделалась так же весела и счастлива, как они сами, даже счастливее, если можно сказать. Вася готов был расцеловать мадам Леру от восторга...

— Аркаша! — сказал он вполголоса, бросив обыкновенный взгляд на всё прекрасное и великое, стоявшее на деревянных столбиках на огромном столе магазина. — Чудеса! Что это такое? что это? Вот этот, например, бонбончик, видишь? — прошептал Вася, показывая один миленький крайний чепчик, но вовсе не тот, который купить хотел, потому что уже издалека нагляделся и впился глазами в другой, знаменитый, настоящий, стоявший на противоположном конце. Он так смотрел на него, что можно было подумать, будто его кто-нибудь возьмет да украдет или будто сам чепчик, именно для того чтоб не доставаться Васе, улетит с своего места на воздух.

— Вот, — сказал Аркадий Иванович, указав на один, — вот, по-моему, лучший.

— Ну, Аркаша! это даже делает честь тебе; я тебя, право, особенно уважать начинаю за вкус, — сказал Вася, плутовски схитрив в умилении своего сердца пред Аркашей, — прелесть твой чепчик, но поди-ка сюда!

— Где же, брат, лучше?

— Смотри-ка сюда!

— Этот? — сказал Аркадий с сомнением. Но когда Вася, не в силах более выдержать, сорвал его с деревяшки, с которой он, казалось, вдруг слетел самовольно, как будто обрадовавшись такому хорошему покупщику после долгого ожидания, когда захрустели все его ленточки, рюши и кружева, неожиданный крик восторга вырвался из мощной груди Аркадия Ивановича. Даже мадам Леру, наблюдавшая всё свое несомненное достоинство и преимущество в деле вкуса во всё время выбора

---

[5] Манон Леско (франц.).

и только молчавшая из снисхождения, наградила Васю полною улыбкою одобрения, так что всё в ней, во взгляде, в жесте и в этой улыбке, разом проговорило — да! вы угадали и достойны счастия, которое вас ожидает.

— Ведь кокетничал, кокетничал в уединении! — закричал Вася, перенеся всю любовь свою на миленький чепчик. — Нарочно прятался, плутишка, голубчик мой! — И он поцеловал его, то есть воздух, который его окружал, потому что боялся дотронуться до своей драгоценности.

— Так скрывает себя истинная заслуга и добродетель, — прибавил Аркадий в восторге, для юмора прибрав фразу из одной остроумной газеты, которую читал поутру. — Ну, Вася, что же?

— Виват, Аркаша! да ты и остришь сегодня, ты сделаешь фурор, как они говорят, между женщинами, предрекаю тебе. Мадам Леру, мадам Леру!

— Что прикажете?

— Голубушка, мадам Леру!..

Мадам Леру взглянула на Аркадия Ивановича и снисходительно улыбнулась.

— Вы не поверите, как я вас обожаю в эту минуту... Позвольте поцеловать вас... — и Вася поцеловал магазинщицу.

Решительно, нужно было призвать на минуту всё достоинство, чтоб не уронить себя с подобным повесой. Но я утверждаю, что нужно иметь к тому и всю врожденную, неподдельную любезность и грацию, с которою мадам Леру приняла восторг Васи. Она извинила его, и как умно, как грациозно умела она найтись в этом случае! Неужели же можно было рассердиться на Васю?

— Мадам Леру, сколько цена?

— Это пять рублей серебром, — отвечала она, оправившись, с новой улыбкою.

— А этот, мадам Леру, — сказал Аркадий Иванович, указав на свой выбор.

— Этот восемь рублей серебром.

— Ну, позвольте! ну, позвольте! ну, согласитесь, мадам

Леру, ну, который лучше, грациознее, милее, который из них более походит на вас?

— Тот богаче, но ваш выбор — c'est plus coquet.[6]

— Ну, так его и берем!

Мадам Леру взяла лист тонкой-тонкой бумаги, зашпилила булавочкой, и, казалось, бумага с завернутым чепчиком сделалась легче, нежели прежде, без чепчика. Вася взял всё это бережно, чуть дыша, раскланялся с мадам Леру, что-то еще сказал, ей очень любезное и вышел из магазина.

— Я вивёр, Аркаша, я рожден быть вивёром! — кричал Вася, хохоча, заливаясь неслышным, мелким, нервическим смехом и обегая прохожих, которых всех разом подозревал в непременном покушении измять его драгоценнейший чепчик!

— Послушай, Аркадий, послушай! — начал он минуту спустя, и что-то торжественное, что-то донельзя любящее зазвенело в настрое его голоса. — Аркадий, я так счастлив, так счастлив!..

— Васенька! как я-то счастлив, голубчик мой!

— Нет, Аркаша, нет, твоя любовь ко мне беспредельна, я знаю; но ты не можешь ощущать и сотой доли того, что я чувствую в эту минуту. Мое сердце так полно, так полно! Аркаша! Я недостоин этого счастия! Я слышу, я чувствую это. За что мне, — говорил он голосом, полным заглушенных рыданий, — что я сделал такое, скажи мне! Посмотри, сколько людей, сколько слез, сколько горя, сколько будничной жизни без праздника! А я! меня любит такая девушка, меня... но ты сам ее увидишь сейчас, сам оценишь это благородное сердце. Я родился из низкого звания, теперь чин у меня и независимый доход — жалованье. Я родился с телесным недостатком, я кривобок немного. Смотри, она меня полюбила, как я есть. Сегодня Юлиан Мастакович был такой нежный, такой внимательный, такой вежливый; он со мною редко говорит; подошел: "Ну, что, Вася (ей-богу, так-таки Васей и назвал), кутить пойдешь на праздниках, а?" (Сам смеется.)

"Так и так, говорю, ваше превосходительство, дело есть, да

[6] это кокетливее (франц.).

тут же ободрился и говорю: — и повеселюсь, может быть, ваше превосходительство", — ей-богу, сказал. Он мне тут денег дал, потом еще сказал мне два слова. Я, брат, заплакал, ей-богу, слезы прошибли, а он тоже, кажется, тронут был, потрепал меня по плечу да говорит: "Чувствуй, Вася, чувствуй всегда так, как теперь это чувствуешь..."

Вася замолк на мгновение. Аркадий Иванович отвернулся и тоже отер кулаком слезинку.

— И еще, еще... — продолжал Вася. — Я никогда еще не говорил тебе этого, Аркадий... Аркадий! Ты так счастливишь меня дружбой своею, без тебя я бы не жил на свете, — нет, нет, не говори ничего, Аркаша! Дай мне пожать тебе руку, дай по...благо...дар...ить тебя!.. — Вася опять не докончил.

Аркадий Иванович хотел прямо броситься Васе на шею, но так как они переходили улицу и почти над ушами их раздалось визгливое "падь-падь-пади!" — то оба, испуганные и взволнованные, добежали бегом до тротуара. Аркадий Иванович был даже рад тому. Он извинил излияние благодарности Васи разве только исключительностию настоящей минуты. Самому же ему было досадно. Он чувствовал, что он до сих пор так мало сделал для Васи! Ему даже стыдно стало за себя, когда Вася начал благодарить его за такую малость! Но еще целая жизнь была впереди, и Аркадий Иванович вздохнул свободнее...

Решительно, их совсем перестали ждать! Доказательство — что уж сидели за чаем! А право, иногда стар-человек прозорливее молодежи, да еще какой молодежи! Ведь Лизанька-то пресерьезно уверяла, что не будет; "не будет, маменька; уж сердце чувствует, что не будет"; а маменька всё говорила, что ее сердце, напротив, чувствует, что непременно будет, что не усидит, что прибежит, что и занятий-то служебных теперь нет у него, что и под Новый-то год! Лизанька, и отворяя, не ждала совсем — глазам не верила, и встретила их запыхавшись, с забившимся внезапно сердечком, как у пойманной пташки, вся заалев, зарумянившись, словно вишенка, на которую она ужасно как походила. Боже мой, какой сюрприз! какое радостное "ах!" вылетело из ее губок!

"Обманщик! Голубчик ты мой!" — вскричала она, обвив шею Васи... Но представьте всё удивление ее, весь ее стыд внезапный: прямо за Васей, как будто желая спрятаться сзади его, стоял, немного потерявшись, Аркадий Иванович. Нужно признаться, что он был неловок с женщинами, даже очень неловок, даже однажды случилось, что... Но это потом. Однако ж войдите и в его положение: смешного тут нет ничего; он стоит в передней, в калошах, в шинели, в ушатой шапке, которую поспешил было сдернуть, весь пребезобразно обмотанный желтым вязаным прескверным шарфом, еще для большего эффекта завязанным сзади. Всё это нужно распутать, снять поскорее, представиться в более выгодном виде, потому что нет человека, который не желал бы представиться в более выгодном виде. А тут Вася, досадный, несносный, хотя, впрочем, конечно, тот же милый, добрейший Вася, но, наконец, несносный, безжалостный Вася! "Вот, — кричит он, — Лизанька, вот тебе мой Аркадий! Каков? Вот мой лучший друг, обними его, поцелуй его, Лизанька, наперед поцелуй, узнаешь потом лучше, сама расцелуешь..." Ну что? ну что, я спрашиваю, было делать Аркадию Ивановичу? А он еще размотал всего половину шарфа! Право, мне даже иногда совестно за излишнюю восторженность Васи; она, конечно, означает доброе сердце, но... неловко, нехорошо!

Наконец оба вошли. Старушка была несказанно рада познакомиться с Аркадием Ивановичем; она так много слышала, она... Но она не докончила. Радостное "ах!", звонко раздавшееся в комнате, остановило ее на пол-фразе. Боже мой! Лизанька стояла перед развернутым неожиданно чепчиком, пренаивно сложив свои ручки и улыбаясь, улыбаясь так... Боже мой, да зачем это у madame Леру не было еще лучшего чепчика!

Ах, боже мой, да где ж вы найдете чепчик лучше? Это уж из рук вон! Где же вы сыщете лучше? Я говорю серьезно! Меня, наконец, даже приводит в некоторое негодование, даже огорчает немного такая неблагодарность влюбленных. Ну, посмотрите сами, господа, посмотрите, что может быть лучше этого амурчика-чепчика! Ну, взгляните... Но нет, нет, мои пени напрасны; они уже согласились все со мною; это было минутное заблуждение, туман, горячка чувства; я готов им простить... Да зато посмотрите... вы уж извините, господа, я всё об этом чепчике: тюлевый, легонький, широкая серизовая лента, покрытая кружевом, идет между тульею и рюшем и сзади две ленты, широкие, длинные; они будут падать немного ниже затылка, на шею... Нужно только и весь чепчик немного надеть на затылок; ну, посмотрите; ну, я вас спрошу после этого!.. Да вы, я вижу, не смотрите!.. Вам, кажется, всё равно! Вы загляделись в другую сторону... Вы смотрите, как две крупные-крупные, словно перлы, слезинки накипели в один миг в черных как смоль глазках, задрожали на мгновение на длинных ресницах и потом канули на этот скорее воздух, чем тюль, из которого состояло художественное произведение madame Леру... И опять мне досадно: ведь почти не за чепчик были эти две слезинки!.. Нет! по-моему, такую вещь нужно дарить хладнокровно. Тогда только можно истинно оценить ее! Я, признаюсь, господа, всё за чепчик!

Уселись — Вася с Лизанькой, а старушка с Аркадием Ивановичем; начали разговор, и Аркадий Иванович вполне поддержал себя. Я с радостию отдаю ему справедливость. Даже трудно было ожидать от него. После двух слов об Васе он превосходно успел заговорить об Юлиане Мастаковиче, его благодетеле. Да так умно, так умно заговорил, что разговор, право, не истощился и в час. Нужно было видеть, с каким умением, с каким тактом касался Аркадий Иванович некоторых особенностей Юлиана Мастаковича, имевших прямое или косвенное отношение к Васе. Зато и старушка была очарована, истинно очарована: она сама призналась в этом, она нарочно отозвала Васю в сторону и там сказала ему, что друг его превосходнейший, любезнейший молодой человек и, главное, такой серьезный, солидный молодой человек, Вася чуть не захохотал от блаженства. Он вспомнил, как солидный Аркаша вертел его четверть часа на постели! Потом старушка мигнула Васе и сказала, чтоб он вышел за нею тихонько и осторожнее в другую комнату. Нужно сознаться, она немного дурно поступила относительно Лизаньки: она, конечно от избытка сердца, изменила ей и вздумала показать потихоньку подарок, который готовила Лизанька Васе к Новому году. Это был бумажник, шитый бисером, золотом и с превосходнейшим рисунком: на одной стороне изображен был олень, совершенно как натуральный, который чрезвычайно шибко бежал, и так похоже, так хорошо! На другой стороне был портрет одного известного генерала, тоже превосходно и весьма похоже отделанный. Я уж не говорю о восторге Васи. Между тем и в зале не прошло даром время. Лизанька прямо подошла к Аркадию Ивановичу. Она взяла его за руки, она за что-то благодарила его, и Аркадий Иванович догадался наконец, что дело идет о том же драгоценнейшем Васе. Лизанька даже была глубоко растрогана: она слышала, что Аркадий Иванович был такой истинный друг ее жениха, так любил его, так наблюдал за ним, напутствовал на каждом шагу спасительными советами, что, право, она, Лизанька, не может не благодарить его, не может удержаться от благодарности, что она надеется, наконец, что Аркадий Иванович полюбит и ее хоть вполовину так, как любит Васю. Потом она стала расспрашивать, бережет ли Вася свое здоровье, изъявила некоторые опасения насчет особенной пылкости его характера, насчет несовершенного знания людей и практической жизни, сказала, что она религиозно будет со временем наблюдать за ним, хранить и лелеять судьбу его и что она надеется, наконец, что Аркадий Иванович не только их не оставит, но даже жить будет с ними вместе.

— Мы будем втроем как один человек! — вскричала она в пренаивном восторге.

Но нужно было идти. Разумеется, стали удерживать, но Вася объявил наотрез, что нельзя. Аркадий Иванович засвидетельствовал то же самое. Спросили, разумеется, почему, и немедленно открылось, что было дело, вверенное Юлианом Мастаковичем Васе, спешное, нужное, ужасное, которое нужно представить послезавтра утром, а что оно не только не кончено, но даже запущено совершенно. Маменька ахнула, как услышала об этом, а Лизанька просто испугалась, встревожилась и даже погнала Васю. Последний поцелуй вовсе не проиграл от этого; он был короче, поспешней, но зато горячее и крепче. Наконец расстались, и оба друга пустились домой.

Немедленно оба взапуски начали поверять друг другу свои впечатления, только что очутились на улице. Да тому так и следовало быть: Аркадий Иванович был влюблен, насмерть влюблен в Лизаньку! И кому ж это лучше поверить, как не самому счастливчику Васе? Он так и сделал: он не посовестился и тотчас же признался Васе во всем. Вася ужасно смеялся и страшно был рад, даже заметил, что это вовсе не лишнее и что теперь они будут еще больше друзьями. "Ты угадал меня, Вася, — сказал Аркадий Иванович, — да! я люблю ее так, как тебя; это будет и мой ангел, так же как твой, затем что и на меня ваше счастие прольется, и меня пригреет оно. Это будет и моя хозяйка, Вася; в ее руках будет счастие мое; пусть хозяйничает как с тобою, так и со мной. Да, дружба к тебе, дружба к ней; вы у меня нераздельны теперь; только у меня будут два такие существа, как ты, вместо одного..." Аркадий замолчал от избытка чувств; а Вася был потрясен до глубины души его словами. Дело в том, что он никогда не ожидал таких слов от Аркадия. Аркадий Иванович вообще говорить не умел, мечтать тоже совсем не любил; теперь же тотчас пустился и в мечтания самые веселые, самые свежие, самые радужные! "Как я буду хранить вас обоих, лелеять вас, — заговорил он опять. — Во-первых, я, Вася, буду у тебя всех детей крестить, всех до единого, а во-вторых, Вася, надобно похлопотать и о будущем. Нужно мебель купить, нужно квартиру нанять, так чтоб и ей, и тебе, и мне были каморки отдельные. Знаешь, Вася, я завтра же побегу смотреть ярлыки на воротах. Три... нет, две комнаты, нам больше не нужно. Я даже думаю, Вася, что я сегодня вздор говорил, денег достанет; чего! я как взглянул в ее глазки, так тотчас расчел, что достанет. Всё для нее! Ух, как будем работать! Теперь, Вася, можно рискнуть и заплатить рублей двадцать пять за квартиру. Квартира, брат, всё! Хорошие комнаты ... да тут и человек весел и мечтания радужные! А во-вторых, Лизанька будет наш общий кассир: ни копейки лишней! Чтоб этак я теперь в трактир побежал! да за кого ты меня принимаешь? ни за что! А тут прибавка, награды будут, потому что мы будем прилежно служить, у! как работать, как волы землю пахать!.. Ну, представь себе, — и голос Аркадия Ивановича ослабел от удовольствия, — вдруг этак совсем неожиданно целковых тридцать иль двадцать пять на голову!.. Ведь что ни награда, то чепчик, то шарфик, чулочки какие-нибудь! Она мне непременно должна связать шарф; смотри, какой скверный у меня: желтый, поганый, наделал он мне сегодня беды! Да и ты, Вася, хорош: представляешь, а я в хомуте стою... да не в том вовсе дело! А вот, видишь ли: я всё серебро беру на себя! я вам ведь обязан сделать подарочек — это честь, это мое самолюбие!.. А ведь наградные мои не уйдут: Скороходову, что ли, их отдадут? небось не залежатся они у этой цапли в кармане. Я, брат, вам куплю ложек серебряных, ножей хороших — не серебряных ножей, а отличных ножей, и жилетку, то есть жилетку-то себе: я ведь шафером буду! Только уж ты теперь держись у меня, уж держись, уж я над тобой, брат, и сегодня, и завтра, и всю ночь буду с палкой стоять, замучаю на работе: кончай! кончай, брат, скорее! и потом опять на вечер, и потом оба счастливы; в лото пустимся!.. вечера сидеть будем — у, хорошо! фу, черт! как досадно, что не могу тебе помогать. Так бы взял и всё бы, всё бы писал за тебя... Зачем это у нас не одинаковый почерк?"

— Да! — ответил Вася. — Да! нужно спешить. Я думаю, теперь часов одиннадцать будет; нужно спешить... За работу! — И, проговорив это, Вася, который всё время то улыбался, то как-нибудь старался прервать каким-нибудь восторженным замечанием излияние дружеских чувств и, одним словом, оказывал самое полное одушевление, вдруг присмирел, замолчал и пустился чуть не бегом по улице. Казалось, какая-то тяжкая идея вдруг оледенила его пылавшую голову; казалось, всё сердце его сжалось.

Аркадий Иванович даже стал беспокоиться; на ускоренные вопросы свои он почти не получал ответов от Васи, который отделывался словцом-другим, иногда восклицанием, часто вовсе не относившимся к делу. "Да что с тобой, Вася? — закричал он наконец, едва догоняя его. — Неужели ты так

74

беспокоишься?.." "Ах, брат, полно болтать!" — ответил Вася даже с досадою. "Не унывай, Вася, полно, — прервал Аркадий, — да я видывал, что ты и гораздо больше в меньший срок писывал ... чего тебе! у тебя просто талант! В крайнем случае можно даже ускорить перо: ведь не литографировать же на прописи будут. Успеешь!.. вот разве только ты взволнован теперь, рассеян, так работа тяжелее пойдет..." Вася не отвечал или пробормотал что-то под нос, и оба в решительной тревоге добежали домой.

Вася тотчас же сел за бумаги. Аркадий Иванович присмирел и притих, втихомолку разделся и лег на кровать, не спуская глаз с Васи... Какой-то страх нашел на него... "Что с ним? — сказал он про себя, смотря на побледневшее лицо Васи, на разгоревшиеся глаза его, на беспокойство, выказавшееся в каждом движении. — У него и рука дрожит ... фу ты, право! да не посоветовать ли ему заснуть часа два; хоть бы он переспал свое раздражение". Вася только что окончил страницу, поднял глаза, нечаянно взглянул на Аркадия и, тотчас же потупившись, схватился опять за перо.

— Послушай, Вася, — начал вдруг Аркадий Иванович, —не лучше ль было бы тебе переспать немножко? Смотри, ты совсем в лихорадке...

Вася с досадой, даже со злостью взглянул на Аркадия и не отвечал.

— Послушай, Вася, что ты над собой делаешь?..

Вася тотчас одумался.

— Не выпить ли чайку, Аркаша? — сказал он.

— Как так? зачем?

— Силы придаст. Я спать не хочу, уж я спать не буду! Я всё буду писать. А теперь и отдохнул бы за чаем, да и мгновение тяжелое перешло бы.

— Лихо, брат Вася, чудесно! именно так; я сам хотел предложить. Но я дивлюсь, как мне самому не пришло в голову. Только знаешь ли что? Мавра не встанет, ни за что не проснется...

— Да...

— Вздор, ничего! — закричал Аркадий Иванович, вскочив

босиком с постели. — Я сам самовар поставлю. Впервой, что ли, мне?..

Аркадий Иванович побежал в кухню и пустился хлопотать с самоваром; Вася покамест писал. Аркадий Иванович оделся и сбегал сверх того в булочную, затем чтоб Вася мог вполне подкрепить себя на ночь. Через четверть часа самовар стоял на столе. Они начали пить, но разговор не клеился. Вася всё был рассеян.

— Вот, — сказал он наконец, как будто одумавшись, — нужно завтра пойти поздравлять...

— Тебе вовсе не нужно.

— Нет, брат, нельзя, — сказал Вася.

— Да я за тебя у всех распишусь... чего тебе! ты завтра работай. Сегодня бы ты посидел часов до пяти, как я говорил, а там и заснул бы. А то на что ты завтра будешь похож? Я бы тебя ровно в восемь часов разбудил...

— Да хорошо ли это будет, что ты за меня распишешься? — сказал Вася, полусоглашаясь.

— Да чего же лучше? так делают все!..

— Право, боюсь...

— Да чего же, чего?

— Оно, знаешь, у других ничего, а Юлиан Мастакович — он, Аркаша, мой благодетель; ну, как заметит, что чужая рука...

— Заметит! Ну, какой ты, право, Васюк! ну, как он может заметить?.. Да ведь я, знаешь, твое имя ужасно как похоже подписываю и завиток такой же делаю, ей-богу. Полно; что ты! кому тут заметить?..

Вася не отвечал и поспешно допивал свой стакан... Потом он сомнительно покачал головою.

— Вася, голубчик! ах, кабы нам удалось! Вася, да что тобою? Ты меня просто пугаешь! Знаешь, я теперь и не лягу, Вася, не засну. Покажи мне, много ль осталось тебе?

Вася так взглянул на него, что у Аркадия Ивановича сердце повернулось и язык осекся.

— Вася! что с тобой? что ты? чего ты так смотришь?

— Аркадий, я, право, пойду завтра поздравить Юлиана Мастаковича.

— Ну, ступай, пожалуй! — говорил Аркадий, смотря на него во все глаза в томительном ожидании.

— Послушай, Вася, ускори перо; я зла тебе не советую, ей-богу же так! Сколько раз говорил сам Юлиан Мастакович, что у тебя в пере ему всего более нравится четкость! Ведь это Скороплёхин только любит, чтоб было четко и красиво, как пропись, чтоб потом как-нибудь зажилить бумажку да детям домой нести переписывать: не может купить, болван, прописей! А Юлиан Мастакович только и говорит, только и требует: четко, четко и четко!.. чего же тебе! право! Вася, я уж не знаю, как и говорить с тобой... Я боюсь даже... Ты меня убиваешь тоской своей.

— Ничего, ничего! — говорил Вася и в изнеможении упал на стул. Аркадий встревожился.

— Не хочешь ли воды? Вася! Вася!

— Полно, полно, — сказал Вася, сжимая его руку. — Я ничего; мне только стало как-то грустно, Аркадий. Я даже и сам не могу сказать отчего. Послушай, говори лучше о другом; не напоминай мне...

— Успокойся, ради бога, успокойся, Вася. Ты докончишь, ей-богу, докончишь! А хоть бы и не докончил, так что ж за беда? Точно преступленье какое!

— Аркадий, — сказал Вася, так значительно смотря на своего друга, что тот решительно испугался, ибо никогда Вася не тревожился так ужасно. — Если б я был один, как прежде... Нет! я не то говорю. Мне всё хочется тебе сказать, поверить, как другу... Впрочем, зачем же беспокоить тебя?.. Видишь, Аркадий, одним дано многое, другие делают маленькое, как я. Ну, если б от тебя потребовали благодарности, признательности — и ты бы не мог этого сделать?..

— Вася! я решительно не понимаю тебя!

— Я никогда не был неблагодарен, — продолжал Вася тихо, как будто рассуждая сам с собою. — Но если я не в состоянии высказать всего, что чувствую, то оно как будто бы... Оно, Аркадий, выйдет, как будто я и в самом деле неблагодарен, а это меня убивает.

— Да что ж, да что! Неужели же в том вся благодарность,

что ты перепишешь к сроку? Подумай, Вася, что ты говоришь! разве в этом выражается благодарность?

Вася вдруг замолчал и посмотрел во все глаза на Аркадия, как будто его неожиданный аргумент разрушил все сомнения. Он даже улыбнулся, но тотчас же принял опять прежнее задумчивое выражение. Аркадий, приняв эту улыбку за окончание всех страхов, а тревогу, опять явившуюся, за решимость на что-нибудь лучшее, крайне обрадовался.

— Ну, брат Аркаша, проснешься, — сказал Вася, — взгляни на меня; неравно я засну, беда будет; а теперь я сажусь за работу... Аркаша?

— Что?

— Нет, я так только, я ничего... я хотел... Вася уселся и замолчал, Аркадий улегся. Ни тот, ни другой не сказали двух слов о коломенских. Может быть, оба чувствовали, что провинились немножко, покутили некстати. Вскоре Аркадий Иванович заснул, всё тоскуя об Васе. К удивлению своему, он проснулся ровно в восьмом часу утра. Вася спал на стуле, держа в руке перо, бледный и утомленный; свечка сгорела. В кухне возилась Мавра за самоваром.

— Вася, Вася! — закричал Аркадий в испуге... — Когда ты лег?

Вася открыл глаза и вскочил со стула...

— Ах! — сказал он. — Я так и заснул!.. Он тотчас же бросился к бумагам — ничего: всё было в порядке; ни чернилами, ни салом от свечки не капнуло.

— Я думаю, я заснул часов в шесть, — сказал Вася. — Как ночью холодно! Выпьем-ка чаю, и я опять...

— Подкрепился ли ты?

— Да-да, ничего, теперь ничего!..

— С Новым годом, брат Вася.

— Здравствуй, брат, здравствуй; тебя также, милый. Они обнялись. У Васи дрожал подбородок и повлажнели глаза. Аркадий Иванович молчал: ему стало горько;

оба пили чай наскоро...

— Аркадий! Я решил, я сам пойду к Юлиану Мастаковичу...

— Да ведь он не заметит...

— Да меня-то, брат, почти мучит совесть.

— Да ведь ты для него же сидишь, для него же убиваешься... полно! А я, знаешь что, брат, я зайду туда...

— Куда? — спросил Вася.

— К Артемьевым, поздравлю с моей и с твоей стороны.

— Голубчик мой, миленький! Ну! я здесь останусь; да, я вижу, что ты хорошо придумал; ведь я же тут работаю, не в праздности время провожу! Постой на минутку, я тотчас письмо напишу.

— Пиши, брат, пиши, успеешь; я еще умоюсь, побреюсь, фрак почищу. Ну, брат Вася, мы будем довольны и счастливы! Обними меня, Вася!

— Ах, кабы, брат!..

— Здесь живет господин чиновник Шумков? — раздался детский голосок на лестнице...

— Здесь, батюшка, здесь, — проговорила Мавра, впуская гостя.

— Что там? что, что? — закричал Вася, вспрыгнув со стула и бросаясь в переднюю. — Петенька, ты?..

— Здравствуйте, с Новым годом вас честь имею поздравить, Василий Петрович, — сказал хорошенький черноволосый мальчик лет десяти, в кудряшках, — сестрица вам кланяется, и маменька тоже, а сестрица велела вас поцеловать от себя...

Вася вскинул на воздух посланника и влепил в его губки, которые ужасно походили на Лизанькины, медовый, длинный, восторженный поцелуй.

— Целуй, Аркадий! — говорил он, передав ему Петю, и Петя, не касаясь земли, тотчас же перешел в мощные и жадные в полном смысле слова объятия Аркадия Ивановича.

— Голубчик ты мой, хочешь чайку?

— Покорно благодарю-с. Уж мы пили! Сегодня поднялись рано. Наши к обедне ушли. Сестрица два часа меня завивала, напомадила, умыла, панталончики мне зашила, потому что я их разодрал вчера с Сашкой на улице: мы в снежки стали играть...

— Ну-ну-ну-ну!

— Ну, всё меня наряжала к вам идти; потом напомадила, а потом зацеловала совсем, говорит: "Сходи к Васе, поздравь да спроси, довольны ли они, покойно ли почивали и еще... и еще что-то спросить-да! и еще, кончено ль дело, об котором вы вчера... там как-то... да вот, у меня записано, — сказал мальчик, читая по бумажке, которую вынул из кармана, — да! беспокоились.

— Будет кончено! будет! так ей и скажи, что будет, непременно кончу, честное слово!

— Да еще... ах! я и забыл; сестрица записочку и подарок прислала, а я и забыл!..

— Боже мой!.. Ах ты, голубчик мой! где... где? вот — а?! Смотри, брат, что мне пишет. Го-лу-бушка, миленькая!

Знаешь, я вчера видел у ней бумажник для меня; он не кончен, так вот, говорит, посылаю вам локон волос моих, а то от вас не уйдет. Смотри, брат, смотри!

И потрясенный от восторга Вася показывал локон густейших, чернейших в свете волос Аркадию Ивановичу; потом горячо поцеловал их и спрятал в боковой карман, поближе к сердцу.

— Вася! Я тебе медальон закажу для этих волос! — решительно сказал наконец Аркадий Иванович.

— А у нас жаркое телятина будет, а потом завтра мозги; маменька хочет бисквиты готовить... а пшенной каши не будет, — сказал мальчик, подумав, как заключить свои россказни.

— Фу, какой хорошенький мальчик! — закричал Аркадий Иванович. — Вася, ты счастливейший смертный!

Мальчик кончил чай, получил записочку, тысячу поцелуев и вышел счастливый и резвый по-прежнему.

— Ну, брат, — заговорил обрадованный Аркадий Иванович, — видишь, как хорошо, видишь! Всё уладилось к лучшему, не горюй, не робей! вперед! Кончай, Вася, кончай! В два часа я домой; заеду к ним, потом к Юлиану Мастаковичу...

— Ну, прощай, брат, прощай... Ах, кабы!.. Ну, хорошо, ступай, хорошо, — сказал Вася, — я, брат, решительно не пойду к Юлиану Мастаковичу.

— Прощай!

— Стой, брат, стой; скажи им... ну, всё, что найдешь; ее поцелуй... да расскажи, братец, всё потом расскажи...

— Ну уж, ну уж — известно, знаем что! Это счастье перевернуло тебя! Это неожиданность; ты сам не свой со вчерашнего дня. Ты еще не отдохнул от вчерашних своих впечатлений. Ну, конечно! оправься, голубчик Вася! Прощай, прощай!

Наконец друзья расстались. Всё утро Аркадий Иванович был рассеян и думал только об Васе. Он знал слабый, раздражительный характер его. "Да, это счастье перевернуло его, я не ошибся! — говорил он сам про себя— Боже мой! Он и на меня нагнал тоску. И из чего этот человек способен поднять трагедию! Экая горячка какая! Ах, его нужно спасти! нужно спасти!" — проговорил Аркадий, сам не замечая того, что в своем сердце уже возвел до беды, по-видимому, маленькие домашние неприятности, в сущности ничтожные. Только в одиннадцать часов попал он в швейцарскую Юлиана Мастаковича, чтоб примкнуть свое скромное имя к длинному столбцу почтительных лиц, расписавшихся в швейцарской на листе закапанной и кругом исчерченной бумаги. Но каково было его удивление, когда перед ним мелькнула собственная подпись Васи Шумкова! Это его поразило. "Что с ним делается?" — подумал он. Аркадий Иванович, взыгравший еще недавно надеждой, вышел расстроенный. Действительно, приготовлялась беда; но где? но какая?

В Коломну он приехал с мрачными мыслями, был рассеян сначала, но, поговорив с Лизанькой, вышел со слезами на глазах, потому что решительно испугался за Васю. Домой он пустился бегом и на Неве носом к носу столкнулся с Шумковым. Тот тоже бежал.

— Куда ты? — закричал Аркадий Иванович.

Вася остановился, как пойманный в преступлении.

— Я, брат, так; я прогуляться хотел.

— Не утерпел, в Коломну шел? Ах, Вася, Вася! Ну, зачем ты ходил к Юлиану Мастаковичу?

Вася не отвечал; но потом махнул рукой и сказал:

— Аркадий! я не знаю, что со мной делается! я...

— Полно, Вася, полно! ведь я знаю, что это такое. Успокойся! ты взволнован и потрясен со вчерашнего дня! Подумай: ну, как не снесть этого! Все-то тебя любят, все-то около тебя ходят, работа твоя подвигается, ты ее кончишь, непременно кончишь, я знаю: ты вообразил что-нибудь, у тебя страхи какие-то...

— Нет, ничего, ничего...

— Помнишь, Вася, помнишь, ведь это было с тобою; помнишь, когда ты чин получил, ты от счастья и от благодарности удвоил ревность и неделю только портил работу. С тобой и теперь то же самое...

— Да, да, Аркадий; но теперь другое, теперь совсем не то...

— Да как не то, помилуй! И дело-то, может быть, вовсе не спешное, а ты себя убиваешь...

— Ничего, ничего, я только так. Ну, пойдем!

— Что ж ты домой, а не к ним?

— Нет, брат, с каким я лицом явлюсь?.. Я раздумал. Я только один без тебя не высидел; а вот ты теперь со мной, так я и сяду писать. Пойдем!

Они пошли и некоторое время молчали. Вася спешил.

— Что ж ты меня не расспрашиваешь об них? — сказал Аркадий Иванович.

— Ах, да! Ну, Аркашенька, что ж?

— Вася, ты на себя непохож!

— Ну, ничего, ничего. Расскажи же мне всё, Аркаша! — сказал Вася умоляющим голосом, как будто избегая дальнейших объяснений. Аркадий Иванович вздохнул. Он решительно терялся, смотря на Васю.

Рассказ о коломенских оживил его. Он даже разговорился. Они пообедали. Старушка наложила бисквитами полный карман Аркадия Ивановича, и приятели, кушая их, развеселились. После обеда Вася обещал заснуть, чтоб просидеть всю ночь. Он действительно лег. Утром кто-то, перед кем нельзя было отказаться, позвал Аркадия Ивановича на чай. Друзья расстались. Аркадий положил прийти как можно раньше, если можно, даже в восемь часов. Три часа разлуки прошли для него как три года. Наконец он вырвался к Васе.

Войдя в комнату, он увидел, что всё темно. Васи не было дома. Он спросил Мавру. Мавра сказала, что всё писал и не спал ничего, потом ходил по комнате, а потом, час тому назад, убежал, сказав, что через полчаса будет; "а когда, мол, Аркадий Иванович придут, так скажи, мол, старуха, — заключила Мавра, — что гулять я пошел, и три, не то, мол, четыре раза наказывал".

"У Артемьевых он!" — подумал Аркадий Иванович и покачал головой.

Через минуту он вскочил, оживленный надеждой. Он просто кончил, подумал он; вот и всё; не утерпел да и убежал туда. Впрочем, нет! Он меня бы дождался... Взгляну-ка я, что там у него!

Он зажег свечку и бросился к письменному столу Васи: работа шла, и, казалось, до конца было не так далеко. Аркадий Иванович хотел было исследовать дальше, но вдруг вошел Вася...

— А, ты здесь? — закричал он, вздрогнув от испуга. Аркадий Иванович молчал. Он боялся спросить Васю. Тот потупил глаза и тоже молча начал разбирать бумаги. Наконец глаза их встретились. Взгляд Васи был такой просящий, умоляющий, убитый, что Аркадий вздрогнул, когда встретил его. Сердце его задрожало и переполнилось...

— Вася, брат мой, что с тобой? что ты? — закричал он, бросаясь к нему и сжимая его в объятиях. — Объяснись со мной; я не понимаю тебя и тоски твоей; что с тобой, мученик ты мой? что? Скажи мне всё без утайки. Не может быть, чтоб это одно...

Вася крепко прижался к нему и не мог ничего говорить. Дух его захватило.

— Полно, Вася, полно! Ну, не кончить тебе, что ж такое? Я не понимаю тебя; открой мне мучения свои. Видишь ли, я для тебя... Ах, боже мой, боже мой! — говорил он, шагая по комнате и хватаясь за всё, что ни попадалось ему под руки, как будто немедленно ища лекарства для Васи. — Я сам завтра, вместо тебя, пойду к Юлиану Мастаковичу, буду просить, умолять его, чтоб дал еще день отсрочки. Я объясню ему всё, всё, если только это так тебя мучает...

— Боже тебя сохрани! — вскричал Вася и побелел как стена. Он едва устоял на месте.

— Вася, Вася!..

Вася очнулся. Губы его дрожали; он хотел что-то выговорить и только молча судорожно пожимал руку Аркадия... Рука его была холодна. Аркадий стоял перед ним полный тоскливого и мучительного ожидания. Вася опять поднял на него глаза.

— Вася! бог с тобой, Вася! Ты истерзал мое сердце, друг мой, милый ты мой.

Слезы градом хлынули из глаз Васи; он бросился на грудь Аркадия.

— Я обманул тебя, Аркадий! — говорил он. — Я обманул тебя; прости меня, прости! Я обманул твою дружбу...

— Что, что, Вася? что ж такое? — спросил Аркадий решительно в ужасе.

— Вот!..

И Вася с отчаянным жестом выбросил на стол из ящика шесть толстейших тетрадей, подобных той, которую он переписывал.

— Что это?

— Вот что мне нужно приготовить к послезавтрашнему дню. Я и четвертой доли не сделал! Не спрашивай, не спрашивай... как это сделалось! — продолжал Вася, сам тотчас заговорив о том, что так его мучило. — Аркадий, друг мой! Я не знаю сам, что было со мной! Я как будто из какого-то сна выхожу. Я целые три недели потерял даром. Я всё... я... ходил к ней... У меня сердце болело, я мучился... неизвестностью... я и не мог писать. Я и не думал об этом. Только теперь, когда счастье настает для меня, я очнулся.

— Вася! — начал Аркадий Иванович решительно. — Вася! я спасу тебя. Я понимаю всё это. Это дело не шутка. Я спасу тебя! Слушай, слушай меня: я завтра же иду к Юлиану Мастаковичу... Не качай головой, нет, слушай! Я расскажу ему всё, как было; позволь уж мне сделать так... Я объясню ему... я на всё пойду! Я расскажу ему, как ты убит, как ты мучишься.

— Знаешь ли, что ты уж теперь убиваешь меня? — проговорил Вася, весь похолодев от испуга.

Аркадий Иванович побледнел было, но одумался и тотчас же рассмеялся.

— Только-то? только это? — сказал он. — Помилуй, Вася, помилуй! не стыдно ли? Ну, послушай! Я вижу, что огорчаю тебя. Видишь, я понимаю тебя: я знаю, что в тебе происходит. Ведь уж мы пять лет вместе живем, слава богу! Ты добрый, нежный такой, но слабый, непростительно слабый. Ведь уж и Лизавета Михайловна это заметила. Ты, кроме того, и мечтатель, а ведь это тоже нехорошо: свихнуться, брат, можно! Послушай, ведь я знаю, чего тебе хочется! Тебе хочется, например, чтоб Юлиан Мастакович был вне себя и еще, пожалуй, задал бы бал от радости, что ты женишься... Ну, постой, постой! Ты морщишься. Видишь, уж от одного моего слова ты обиделся за Юлиана Мастаковича! Я оставлю его. Я ведь и сам его уважаю не меньше твоего! Но уже ты меня не оспоришь и не откажешь мне думать, что ты бы желал, чтоб не было даже и несчастных на земле, когда ты женишься... Да, брат, ты уж согласись, что тебе бы хотелось, чтоб у меня, например, твоего лучшего друга, стало вдруг тысяч сто капитала; чтоб все враги, какие ни есть на свете, вдруг бы, ни с того ни с сего, помирились, чтоб все они обнялись среди улицы от радости и потом сюда к тебе на квартиру, пожалуй, в гости пришли. Друг мой! милый мой! я не смеюсь, это так; ты уж давно мне всё почти такое же в разных видах представлял. Потому что ты счастлив, ты хочешь, чтоб все, решительно все сделались разом счастливыми. Тебе больно, тяжело одному быть счастливым! Потому ты хочешь сейчас всеми силами быть достойным этого счастья и, пожалуй, для очистки совести сделать подвиг какой-нибудь! Ну, я и понимаю, как ты готов себя мучить за то, что там, где бы нужно было показать свое радение, уменье... ну, пожалуй, благодарность, как ты говоришь, ты вдруг манкировал! Тебе ужасно горько при мысли, что Юлиан Мастакович поморщится и даже рассердится, когда увидит, что ты не оправдал надежд, которые он возложил на тебя. Тебе больно думать, что ты услышишь упреки от того, кого считаешь своим благодетелем, — и в какую минуту! Когда у тебя радостью переполнено сердце и когда ты не знаешь, на кого излить свою благодарность... Ведь так, не правда ли? Ведь так?

Аркадий Иванович, у которого дрожал голос оканчивая, замолчал и перевел дух.

Вася смотрел с любовью на своего друга. Улыбка скользила по губам его.

Даже как будто ожидание надежды оживило лицо его.

— Ну, так слушай же, — начал снова Аркадий, еще более вдохновленный надеждою, — так и не нужно, чтоб Юлиан Мастакович изменил к тебе свою благосклонность. Так ли, голубчик мой? в этом вопрос? А коль в этом, так я же, — сказал Аркадий, вскочив с места, — я же пожертвую собой для тебя. Я завтра еду к Юлиану Мастаковичу... И не противоречь мне! Ты, Вася, свой проступок до преступленья возводишь. А он, Юлиан Мастакович, великодушен и милосерд, да к тому же не таков, как ты! Он, брат Вася, нас с тобой выслушает и из беды вывезет. Ну! спокоен ли ты?

Вася со слезами на глазах сжал руку Аркадия.

— Полно, Аркадий, полно, — сказал он, — дело решенное. Ну, я не кончил, ну, и хорошо; не кончил, так не кончил. И тебе ходить не нужно; я сам всё расскажу, сам пойду. Я теперь успокоился, я совершенно спокоен; только ты не ходи... Да послушай.

— Вася, дорогой ты мой! — вскричал в радости Аркадий Иванович. — Я по твоим словам говорил; я рад, что ты одумался и оправился. Но что бы с тобой ни было, что бы ни случилось, я при тебе, это помни! Я вижу, тебя терзает то, чтоб я не говорил ничего Юлиану Мастаковичу, — и не скажу, ничего не скажу, ты сам скажешь. Видишь ли: ты завтра пойдешь... или нет, ты не пойдешь, ты здесь будешь писать, понимаешь? а я там узнаю, какое это дело, очень ли спешное или нет, нужно ли его к сроку или нет, и если просрочишь, так что может выйти из этого? Потом я к тебе прибегу... Видишь,

видишь! уж есть надежда; ну, представь, что дело не спешное — ведь выиграть можно. Юлиан Мастакович может не напомнить, и тогда всё спасено.

Вася сомнительно покачал головою. Но благодарный взор его не сходил с лица друга.

— Ну, полно, полно! Я так слаб, так устал, — говорил он задыхаясь, — мне и самому об этом думать не хочется. Ну, поговорим о другом! Я, видишь ли, и писать, пожалуй, не буду теперь, а только так, две странички только окончу, чтоб дойти хоть до какой-нибудь точки. Послушай... я давно хотел спросить тебя: как это ты так хорошо меня знаешь?

Слезы капали из глаз Васи на руки Аркадия.

— Если б ты знал, Вася, до какой степени я люблю тебя, так ты бы не спросил этого, — да!

— Да, да, Аркадий, я не знаю этого, потому... потому что я не знаю, за что ты меня так полюбил! Да, Аркадий, знаешь ли, что даже твоя любовь меня убивала? Знаешь ли, что сколько раз я, особенно ложась спать и думая об тебе (потому что и всегда думаю об тебе, когда засыпаю), я обливался слезами, и сердце мое дрожало оттого, оттого... Ну, оттого, что ты так любил меня, а я ничем не мог облегчить своего сердца, ничем тебя возблагодарить не мог...

— Видишь, Вася, видишь, какой ты!.. Смотри, как ты расстроен теперь, — говорил Аркадий, у которого душа изныла в эту минуту и который вспомнил про вчерашнюю сцену на улице.

— Полно; ты хочешь, чтоб я успокоился, а я никогда еще не был так спокоен и счастлив! Знаешь ли... Послушай, мне бы хотелось тебе всё рассказать, да я всё боюсь тебя огорчить... Ты всё огорчаешься и кричишь на меня; а я пугаюсь... смотри, как я дрожу теперь, я не знаю отчего. Видишь ли, вот что мне сказать хочется. Мне кажется, не знал себя прежде, — да! да и других тоже вчера только узнал. Я, брат, не чувствовал, не ценил вполне. Сердце... во мне было черство... Слушай, как это случилось, что никому-то, никому я не сделал добра на свете, потому что сделать не мог, — даже и видом-то я неприятен... А всякий-то мне делал добро! Вот ты первый: разве я не вижу. Я только молчал, только молчал!

— Вася, полно!

— Что ж, Аркаша! Что ж!.. Я ведь ничего... — прервал Вася, едва выговаривая слова от слез. — Я тебе говорил вчера про Юлиана Мастаковича. И ведь сам ты знаешь, он строгий, суровый такой, даже ты несколько раз на замечанье к нему попадал, а со мной он вчера шутить вздумал, ласкать и доброе сердце свое, которое перед всеми благоразумно скрывает, открыл мне...

— Ну, что ж, Вася? Это только показывает, что ты достоин своего счастия.

— Ах, Аркаша! Как мне хотелось кончить это всё дело!.. Нет, я сгублю свое счастье! У меня есть предчувствие! да нет, не через это, — перебил Вася, затем что Аркадий покосился на стопудовое спешное дело, лежавшее на столе, — это ничего, это бумага писаная... вздор! Это дело решенное... я... Аркаша, был сегодня там, у них... я ведь не входил. Мне тяжело было, горько! Я только простоял у дверей. Она играла на фортепьяно, я слушал. Видишь, Аркадий, — сказал он, понижая голос, — я не посмел войти...

— Послушай, Вася, что с тобой? ты так на меня смотришь?

— Что? ничего? мне немного дурно; ноги дрожат; это оттого, что я ночью сидел. Да! у меня в глазах зеленеет. У меня здесь, здесь...

Он показал на сердце. С ним сделался обморок.

Когда он пришел в себя, Аркадий хотел принять насильственные меры. Он хотел уложить его насильно в постель. Вася не согласился ни за что. Он плакал, ломал себе руки, хотел писать, хотел непременно докончить свои две страницы. Чтоб не разгорячить его, Аркадий допустил его до бумаг.

— Видишь, —сказал Вася, усаживаясь на место, — видишь, и у меня идея пришла, есть надежда.

Он улыбнулся Аркадию, и бледное лицо его действительно как будто оживилось лучом надежды.

— Вот что: я понесу ему послезавтра не всё. Про остальное

солгу, скажу, что сгорело, что подмокло, что потерял... что, наконец, ну, не кончил, я лгать не могу. Я сам объясню — знаешь что? я объясню ему всё; я скажу: так и так, не мог... я расскажу ему про любовь мою; он же сам недавно женился, он поймет меня! Я сделаю это всё, разумеется, почтительно, тихо; он увидит слезы мои, он тронется ими...

— Да, разумеется, поди, поди к нему, объяснись... да тут и слез не нужно! из чего? Право, Вася, ты и меня совсем запугал.

— Да, я пойду, пойду. А теперь дай мне писать, дай мне писать, Аркаша. Я никого не трону, дай мне писать!

Аркадий бросился на постель. Он не доверял Васе, решительно не доверял. Вася был способен на всё. Но просить прощения, в чем, как? Дело было не в том. Дело было в том, что Вася не исполнил обязанностей, что Вася чувствует себя виноватым сам пред собою, чувствует себя неблагодарным к судьбе, что Вася подавлен, потрясен счастием и считает себя его недостойным, что, наконец, он отыскал себе только предлог повихнуть на эту сторону, а что со вчерашнего дня еще не опомнился от своей неожиданности. "Вот что такое! — подумал Аркадий Иванович. — Нужно спасти его. Нужно помирить его с самим собою. Он сам себя отпевает". Он думал, думал да и решил немедленно идти к Юлиану Мастаковичу, завтра же идти, и рассказать ему всё.

Вася сидел и писал. Измученный Аркадий Иванович прилег, чтоб пораздумать о деле опять, и проснулся перед рассветом.

— Ай, черт! опять! — закричал он, посмотрев на Васю; тот сидел и писал.

Аркадий бросился к нему, обхватил его и насильно уложил в постель. Вася улыбался: глаза его смыкались от слабости. Он едва мог говорить.

— Я и сам хотел лечь, — сказал он. — Знаешь, Аркадий, у меня есть идея; я кончу. Я ускорил перо! Дальше сидеть я был неспособен; разбуди меня в восемь часов.

Он не договорил и заснул как убитый.

— Мавра! — шепотом сказал Аркадий Иванович Мавре,

вносившей чай, — он просил разбудить его через час. Ни под каким видом! пусть спит хоть десять часов, понимаешь?

— Понимаю, барин-батюшка.

— Обедать не готовь, с дровами не возись, не шуми, беда тебе! Коли спросит меня, скажи, что я в должность ушел, понимаешь?

— Понимаю-ста, батюшка-барин; пусть почивает вволю, что мне! Я рада барскому сну; и барское добро берегу. А намедни, что чашку разбила и попрекать изволили, так это не я, это кошка Машка разбила, а я не догляди за ней; брысь, говорю, проклятая!

— Тсс, молчи, молчи!

Аркадий Иванович выпроводил Мавру в кухню, потребовал ключ и запер ее там на замок. Потом пошел на службу. Дорогою он раздумывал, как бы ему предстать к Юлиану Мастаковичу, и ловко ли, и не дерзко ли будет? В должность пришел он с робостью и робко осведомился, тут ли его превосходительство; ответили, что нет да и не будет. Аркадий Иванович мигом хотел идти к нему на квартиру, но весьма кстати сообразил, что если Юлиан Мастакович не приехал, так, стало быть, занят и дома. Он остался. Часы казались ему нескончаемыми. Под рукою он выведывал о деле, порученном Шумкову. Но никто не знал ничего. Знали только, что Юлиан Мастакович изволил занимать его особыми поручениями, — какими, не знал никто. Наконец пробило три часа, и Аркадий Иванович бросился домой. В прихожей остановил его один писарь и сказал, что Василий Петрович Шумков приходил, этак будет в первом часу, и спрашивал, прибавил писарь: тут ли вы и не был ли тут Юлиан Мастакович. Услышав это, Аркадий Иванович нанял извозчика и доехал домой вне себя от испуга.

Шумков был дома. Он ходил по комнате чрезвычайно взволнованный. Взглянув на Аркадия Ивановича, он как будто тотчас оправился, одумался и поспешил скрыть свое волнение. Он молча сел за бумаги. Казалось, он избегал вопросов своего друга, тяготился ими, сам задумал кое-что про себя и уже решился не открывать своего решения, затем что и на дружбу более нельзя положиться. Это поразило Аркадия, и сердце его изныло от тяжкой, пронзительной боли. Он сел на кровать и развернул какую-то книжонку, единственную, бывшую в его обладании, а сам не спускал глаз с бедного Васи. Но Вася упорно молчал, писал и не подымал головы. Так прошло несколько часов, и мучения Аркадия возросли до последней степени. Наконец, часу в одиннадцатом, Вася поднял голову и тупым, неподвижным взглядом посмотрел на Аркадия. Аркадий ждал. Прошло две-три минуты; Вася молчал. "Вася! — крикнул Аркадий. Вася не дал ответа. — Вася! — повторил он, вскочив с кровати. — Вася, что с тобой? что ты?" — закричал он, подбегая к нему. Вася поднял голову и опять посмотрел на него тем же тупым, неподвижным взглядом. "На него столбняк нашел!" — подумал Аркадий, весь дрожа от испуга. Он схватил графин с водой, приподнял Васю, налил ему воды на голову, намочил виски, тер руки в своих руках, — и Вася очнулся. "Вася, Вася! — кричал Аркадий, заливаясь слезами, не удерживаясь более. — Вася, не губи себя, вспомни! вспомни!.." Он не договорил и горячо сжимал его в своих объятиях. Какое-то тягостное ощущение прошло по всему лицу Васи; он тер себе лоб и схватился за голову, словно боясь, что она разлетится.

— Не знаю, что это со мною! — проговорил он наконец, — я, кажется, надорвался. Ну, хорошо, хорошо! Полно, Аркадий, не печалься; полно! — повторял он, смотря на него грустным, изнеможенным взглядом, —чего беспокоиться? полно!

— Ты же, ты же меня утешаешь, — закричал Аркадий, у которого разрывалось сердце. — Вася, — сказал он наконец, — приляг, засни немножко, что? Не мучь себя понапрасну! Лучше потом опять сядешь работать!

— Да, да! — повторял Вася. — Изволь! я лягу; хорошо; да! видишь ли, я хотел кончить, а теперь раздумал, да...

И Аркадий утащил его на постель.

— Слушай, Вася, — сказал он твердо, — нужно окончательно решить это дело! Скажи мне, что ты задумал?

— Ах! — сказал Вася, махнув ослабевшей рукой и повернув на другую сторону голову.

— Полно, Вася, полно! решись! Я не хочу быть убийцей

твоим: я не могу больше молчать. Ты не заснешь, коль не решишься, я знаю.

— Как хочешь, как хочешь, — загадочно повторил Вася.

"Сдается!" — подумал Аркадий Иванович.

— Последуй мне, Вася, — сказал он, — вспомни, что я говорил, и я спасу тебя завтра; завтра я решу твою участь! Что я говорю, участь! Ты так напугал меня, Вася, что я сам толкую твоими словами. Какая участь! Просто вздор, пустяки! Тебе не хочется потерять расположение, любовь, если хочешь, Юлиана Мастаковича, да! и не потеряешь, увидишь... Я...

Аркадий Иванович еще долго бы говорил, но Вася прервал его. Он приподнялся на постели, молча обвил обеими руками шею Аркадия Ивановича и поцеловал его.

— Довольно! — сказал он слабым голосом, — довольно! полно об этом!

И он снова повернул к стене свою голову.

"Боже мой! — думал Аркадий, — боже мой! что с ним? Он совсем потерялся; на что он решился такое? Он погубит себя".

Аркадий смотрел на него в отчаянии.

"Если б он заболел, — думал Аркадий, — может быть, лучше бы было. С болезнью прошла бы забота, а там можно бы отличным образом уладить всё дело. Но что я вру! Ах, создатель мой!.."

Между тем Вася как будто задремал. Аркадий Иванович обрадовался. "Добрый знак!" — думал он. Он решился сидеть над ним всю ночь. Но сам Вася был неспокоен. Он поминутно вздрагивал, метался на постели и на мгновение открывал глаза. Наконец утомление взяло верх; казалось, он заснул как убитый. Было около двух часов утра; Аркадий Иванович задремал на стуле, облокотясь локтем на стол.

Сон его был тревожен и странен. Ему всё казалось, что он не спит и что Вася по-прежнему лежит на постели. Но странное дело! Ему казалось, что Вася притворяется, что он даже обманывает его и вот-вот встает потихоньку, наблюдая его вполглаза, и крадется за письменный стол. Жгучая боль захватывала сердце Аркадия; ему было и досадно, и грустно, и тяжело видеть Васю, который не доверяет ему, таится от него и кроется. Он хотел обхватить его, закричать, унесть на кровать... Тогда Вася вскрикивал у него на руках, и он уносил на постель один бездыханный труп. Холодный пот проступал на лбу Аркадия, сердце его страшно билось. Он открыл глаза и проснулся. Вася сидел перед ним за столом и писал.

Не доверяя чувствам своим, Аркадий взглянул на постель: там не было Васи. Аркадий вскочил в испуге, еще под влиянием своих сновидений. Вася не шелохнулся. Он всё писал. Вдруг Аркадий с ужасом заметил, что Вася водит по бумаге сухим пером, перевертывает совсем белые страницы и спешит, спешит наполнить бумагу, как будто он делает отличнейшим и успешнейшим образом дело! "Нет, это не столбняк! — подумал Аркадий Иванович и затрясся всем телом. — Вася, Вася! откликнись же мне!" — закричал он, схватив его за плечо. Но Вася молчал и по-прежнему продолжал строчить сухим пером по бумаге.

— Наконец я ускорил перо, — проговорил он, не подымая головы на Аркадия.

Аркадий схватил его за руку и вырвал перо.

Стон вырвался из груди Васи. Он опустил руку и поднял глаза на Аркадия, потом с томительно-тоскливым чувством провел рукою по лбу, как будто желая снять с себя какой-то тяжелый, свинцовый груз, налегший на всё существо его, и тихо, как будто в раздумье, опустил на грудь голову.

— Вася, Вася! — вскричал Аркадий Иванович в отчаянии. — Вася!

Через минуту Вася посмотрел на него. Слезы стояли в его больших голубых глазах, и бледное кроткое лицо его выразило бесконечную муку... Он что-то шептал.

— Что, что? — закричал Аркадий, наклоняясь к нему.

— За что же, за что меня? — шептал Вася. — За что? Что я сделал?

— Вася! что ты? чего ты боишься, Вася? чего? — закричал Аркадий, ломая руки в отчаянии.

— За что ж меня в солдаты-то отдавать? — сказал Вася, посмотрев прямо в глаза своего друга. — За что? что я сделал?

Волосы стали дыбом на голове Аркадия; он не хотел верить. Он стоял над ним как убитый.

Через минуту он опомнился. "Это так, это минутное!" — говорил он про себя, весь бледный, с дрожащими, посинелыми губами, и бросился одеваться. Он хотел бежать прямо за доктором. Вдруг Вася кликнул его; Аркадий бросился на него и обнял его, как мать, у которой отнимают родное дитя...

— Аркадий, Аркадий, не говори никому! слышишь; моя беда! Пусть я один и несу...

— Что ты? что ты? опомнись, Вася, опомнись! Вася вздохнул, и тихие слезы заструились по щекам его.

— За что же ее убивать? чем же она, чем же она виновата!.. — проворчал он мучительным, раздирающим душу голосом. — Мой грех, мой грех!..

Он замолчал на минуту.

— Прощай, моя люба! Прощай, моя люба! — шептал он, качая бедной своей головою. Аркадий вздрогнул, очнулся и хотел броситься за доктором. — Идем! пора! — закричал Вася, увлекшись последним движением Аркадия. — Идем, брат, идем; я готов! Ты меня проводи! — Он замолчал и взглянул на Аркадия убитым, недоверчивым взглядом.

— Вася, не ходи за мной, ради бога! подожди меня здесь. Я сейчас, сейчас ворочусь к тебе, — говорил Аркадий Иванович, сам теряя голову и схватив фуражку, чтобы бежать за доктором. Вася уселся тотчас; он был тих и послушен, только в глазах его сияла какая-то отчаянная решимость. Аркадий воротился, схватил со стола разогнутый перочинный ножичек, последний раз взглянул на беднягу и выбежал из квартиры.

Был восьмой час. Свет уже давно разогнал сумерки в комнате.

Он не нашел никого. Он бегал уже целый час. Все доктора, адресы которых узнавал он у дворников, наведываясь, не живет ли хоть какой-нибудь доктор в доме, уже уехали, кто по службе, кто по своим делам. Был один, который принимал пациентов. Он долго и подробно расспрашивал слугу, доложившего, что пришел Нефедевич: от кого, кто и как, по какой надобности и как даже будет приметами ранний посетитель? — и заключил тем, что нельзя, дела много и ехать не может, а что такого рода больных нужно в больницу везти.

Тогда убитый, потрясенный Аркадий, никак не ожидавший подобной развязки, бросил всё, всех докторов на свете, и пустился домой, в последней степени испуга за Васю. Он вбежал в квартиру. Мавра, как ни в чем не бывала, мела пол, ломала лучинки и готовилась печь топить. Он в комнату — Васи и след простыл: он ушел со двора.

"Куда? где? куда побежит несчастный?" — подумал Аркадий, леденея от ужаса. Он начал допрашивать Мавру. Та ничего не знала, не ведала, да и не слыхала, как вышел, прости его господи! Нефедевич бросился к коломенским.

Ему, бог знает отчего, пришло на мысль, что он там.

Был уже десятый час, как он приехал туда. Там его не ждали, ничего не знали, не ведали. Он стоял перед ними испуганный, расстроенный и спрашивал, где Вася? У старухи подломились ноги; она рухнулась на диван. Лизанька, вся дрожа от испуга, начала расспрашивать о случившемся. Что было говорить? Аркадий Иванович отделался наскоро, выдумал какую-то басню, которой, разумеется, не поверили, и убежал, оставив всех потрясенными, измученными. Он бросился в свое ведомство, чтоб по крайней мере не опоздать и дать знать туда, чтоб поскорее приняли меры. Дорогою ему вздумалось, что Вася у Юлиана Мастаковича. Это было вернее всего: Аркадий прежде всего, прежде коломенских, подумал об этом. Проезжая мимо дома его превосходительства, он хотел остановиться, но тотчас же велел продолжать путь далее. Он решился попытаться узнать: нет ли чего в ведомстве, и потом, как уж там не найдет, явиться к его превосходительству по крайней мере в качестве рапортующего об Васе. Кому-нибудь нужно же было рапортовать!

Еще в приемной окружили его товарищи помоложе, все большею частию ему равные чином, и в один голос стали расспрашивать, что сделалось с Васей? Все они в то же время говорили, что Вася с ума сошел и помешался на том, что его в солдаты хотят отдать за неисправное исполнение дела. Аркадий Иванович отвечал на все стороны или, лучше сказать, не отвечая положительно никому, стремился во внутренние покои. На дороге узнал он, что Вася в кабинете Юлиана Мастаковича, что туда все пошли и что Эспер Иванович тоже туда пошел. Он было приостановился. Кто-то из старших спросил его, куда он и что ему надо? Не отличив лица, он проговорил что-то об Васе и пошел прямо в кабинет. Оттуда уже слышался голос Юлиана Мастаковича. "Куда вы?" — спросил его кто-то у самых дверей. Аркадий Иванович почти потерялся; он уже хотел было воротиться, но из-за приотворенной двери увидел своего бедного Васю. Он отворил и протеснился кое-как в комнату. Там царствовала суматоха и недоумение, затем что Юлиан Мастакович был, по-видимому, в сильном огорчении. Около него стояли все, кто поважнее, толковали и не решили ровно ничего. Поодаль стоял Вася. Всё замерло в груди Аркадия, когда он взглянул на него. Вася стоял бледный, с поднятой головой, вытянувшись в нитку и опустив руки по швам. Он глядел прямо в глаза Юлиану Мастаковичу. Тотчас заметили Нефедевича, и кто-то, знавший, что они сожители, доложил о том его превосходительству. Аркадия подвели. Он хотел что-то ответить на предложенные вопросы, взглянул на Юлиана Мастаковича и, видя, что на лице его изобразилась истинная жалость, затрясся и зарыдал как ребенок. Он даже сделал более: бросился, схватил руку начальника и поднес к глазам своим, омывая ее слезами, так что даже сам Юлиан Мастакович принужден был отнять ее наскоро, махнуть ею по воздуху и сказать: "Ну, полно, брат, полно; вижу, что у тебя доброе сердце". Аркадий рыдал и бросал на всех умоляющие взгляды. Ему казалось, что все братья его бедному Васе, что все они тоже терзаются и плачут об нем. "Как же это, как же это с ним сделалось? — говорил Юлиан Мастакович. — Отчего же он с ума сошел?"

— От бла-благо-дарности! — мог только выговорить Аркадий Иванович.

Все выслушали ответ его в недоумении, и всем показалось странным и невероятным: как же это так может из благодарности сойти с ума человек? Аркадий объяснился как умел.

— Боже, как жаль! — проговорил наконец Юлиан Мастакович. — И дело-то, порученное ему, было неважное и вовсе не спешное. Так-таки, не из-за чего, погиб человек! Что ж, отвести его!.. — Тут Юлиан Мастакович обратился снова к Аркадию Ивановичу и снова начал его расспрашивать. — Он просит, — сказал он, указав на Васю, — чтоб не говорили об этом какой-то девушке; что она, невеста, что ли, его?

Аркадий стал объяснять. Между тем Вася как будто думал о чем-то, как будто с величайшим напряжением припоминал одну важную, нужную вещь, которая вот именно теперь бы и пригодилась. Порой он страдальчески поводил глазами, как будто надеялся, что кто-нибудь напомнит ему про то, что забыл он. Он устремился глазами на Аркадия. Наконец, вдруг, как будто надежда блеснула в глазах его, он двинулся с места с левой ноги, ступил три шага как только мог ловче и даже пристукнул правым сапогом, как делают солдаты, подойдя к подозвавшему их офицеру. Все ожидали, что будет.

— Я с телесным недостатком, ваше превосходительство, слабосилен и мал, не гожусь на службу, — сказал он отрывисто.

Тут все, кто ни были в комнате, все почувствовали, как будто кто-нибудь сжал им сердце, и даже как ни тверд был характером Юлиан Мастакович, но слеза потекла из глаз его. "Уведите его", — сказал он, махнув рукою.

— Лоб! — сказал Вася вполголоса, повернулся налево кругом и вышел из комнаты. За ним бросились все, кого интересовала его участь. Аркадий теснился за прочими. Васю усадили в приемной в ожидании предписания и кареты, чтоб отвезти его в больницу. Он сидел молча и был, казалось, в чрезвычайной заботе. Кого узнавал, тому кивал головою, как будто прощаясь с ним. Он поминутно оглядывался на дверь и готовился, когда скажут: "пора". Кругом его столпился тесный кружок; все покачивали головами, все сетовали. Многих поразила его история, которая уже вдруг сделалась известною; одни рассуждали. другие жалели и хвалили Васю, говорили, что был такой скромный, тихий молодой человек, что обещал так много; рассказывали, как он старался учиться, был любознателен, стремился образовать себя. "Собственными силами вышел из низкого состояния!" — заметил кто-то. С умилением говорили о привязанности к нему его превосходительства. Некоторые пустились объяснять, почему именно пришло в голову Васе и он на том помешался, что его отдадут в солдаты за то, что не кончил работы. Говорили, что бедняк недавно из податного звания и только по ходатайству Юлиана Мастаковича, умевшего отличить в нем талант, послушание и редкую кротость, получил первый чин. Одним словом, очень много было разных толков и мнений. В особенности, из потрясенных, заметен был один, очень маленький ростом, сослуживец Васи Шумкова. И не то чтобы-таки был совсем молодой человек, а примерно лет уже тридцати. Он был бледен как полотно, дрожал всем телом и как-то странно улыбался — может быть, потому, что всякое скандалезное дельце или ужасная сцена и пугает, и вместе с тем как-то несколько радует постороннего зрителя. Он поминутно обегал весь кружок, обступивший Шумкова, и так как был мал, то становился на цыпочки, хватал за пуговицу встречного и поперечного, то есть из тех, кого имел право хватать, и всё говорил, что он знает, отчего это всё, что это не то чтобы простое, а довольно важное дело, что так оставить нельзя; потом опять становился на цыпочки, нашептывал на ухо слушателю, опять кивал раза два головою и снова перебегал далее. Наконец кончилось всё: явился сторож, фельдшер из больницы, подошли к Васе и сказали ему, что пора ехать. Он вскочил, засуетился и пошел с ними, оглядываясь кругом. Он искал кого-то глазами! "Вася! Вася!" — закричал, рыдая, Аркадий Иванович. Вася остановился, и Аркадий-таки протеснился к нему. Они бросились в последний раз друг другу в объятия и тяжело сжали друг друга... Грустно было их видеть. Какое химерическое несчастие вырывало слезы из глаз их? об чем они плакали? где эта беда? зачем они не понимали друг друга?..

— На, на, возьми! сбереги это, — говорил Шумков, всовывая какую-то бумажку в руку Аркадия. — Они у меня унесут. Принеси мне потом, принеси; сбереги... — Вася не договорил, его кликнули. Он поспешно сбежал с лестницы кивая всем головою, прощаясь со всеми. Отчаяние было на лице его. Наконец усадили его в карету и повезли. Аркадий поспешно развернул бумажку: это был локон черных волос Лизы, с которыми не расставался Шумков. Горячие слезы брызнули из глаз Аркадия. "Ах, бедная Лиза!"

По окончании служебного времени он пошел к коломенским. Нечего говорить, что там было! Даже Петя, малютка Петя, не совсем понявший, что сделалось с добрым Васей, зашел в угол, закрылся ручонками и зарыдал во сколько стало его детского сердца. Были уже полные сумерки, когда Аркадий возвращался домой. Подойдя к Неве, он остановился на минуту и бросил пронзительный взгляд вдоль реки в дымную, морозно-мутную даль, вдруг заалевшую последним пурпуром кровавой зари, догоравшей в мгляном небосклоне. Ночь ложилась над городом, и вся необъятная, вспухшая от замерзшего снега поляна Невы, с последним отблеском солнца, осыпалась бесконечными мириадами искр иглистого инея. Становился мороз в двадцать градусов. Мерзлый пар валил с загнанных насмерть лошадей, с бегущих людей. Сжатый воздух дрожал от малейшего звука, и, словно великаны, со всех кровель обеих набережных подымались и неслись вверх по холодному небу столпы дыма, сплетаясь и расплетаясь в дороге, так что, казалось, новые здания вставали над старыми, новый город складывался в воздухе... Казалось, наконец, что весь этот мир, со всеми жильцами его, сильными и слабыми, со всеми жилищами их, приютами нищих или раззолоченными палатами — отрадой сильных мира сего, в этот сумеречный час походит на фантастическую, волшебную грезу, на сон, который в свою очередь тотчас исчезнет и искурится паром к темно-синему небу. Какая-то странная дума посетила осиротелого товарища бедного Васи. Он вздрогнул, и сердце его как будто облилось в это мгновение горячим ключом крови, вдруг вскипевшей от прилива какого-то могучего, но доселе не знакомого ему ощущения. Он как будто только теперь понял всю эту тревогу и узнал, отчего сошел с ума его бедный, не вынесший своего счастия Вася. Губы его задрожали, глаза вспыхнули, он побледнел и как будто прозрел во что-то новое в эту минуту...

Он сделался скучен и угрюм и потерял всю свою веселость. Прежняя квартира стала ему ненавистна — он взял другую. К коломенским идти он не хотел, да и не мог. Через два года он встретил Лизаньку в церкви. Она была уже замужем; за нею шла мамка с грудным ребенком. Они поздоровались и долгое время избегали разговора о старом. Лиза сказала, что она, слава богу, счастлива, что она не бедна, что муж ее добрый человек, которого она любит... Но вдруг, среди речи, глаза ее наполнились слезами, голос упал, она отвернулась и склонилась на церковный помост, чтоб скрыть от людей свое горе...

ЧЕСТНЫЙ ВОР

(Из записок неизвестного)

Однажды утром, когда я уже совсем собрался идти в должность, вошла ко мне Аграфена, моя кухарка, прачка и домоводка, и, к удивлению моему, вступила со мной в разговор.

До сих пор это была такая молчаливая, простая баба, что, кроме ежедневных двух слов о том, чего приготовить к обеду, не сказала лет в шесть почти ни слова. По крайней мере я более ничего не слыхал от нее.

— Вот я, сударь, к вам, — начала она вдруг, — вы бы отдали внаем каморку.

— Какую каморку?

— Да вот что подле кухни. Известно какую.

— Зачем?

— Зачем! затем, что пускают же люди жильцов. Известно зачем.

— Да кто ее наймет?

— Кто наймет! Жилец наймет. Известно кто.

— Да там, мать моя, и кровати поставить нельзя; тесно будет. Кому ж там жить?

— Зачем там жить! Только бы спать где было; а он на окне будет жить.

— На каком окне?

— Известно на каком, будто не знаете! На том, что в передней. Он там будет сидеть, шить или что-нибудь делать. Пожалуй, и на стуле сядет. У него есть стул; да и стол есть; всё есть.

— Кто ж он такой?

— Да хороший, бывалый человек. Я ему буду кушанье готовить. И за квартиру, за стол буду всего три рубля серебром в месяц брать...

Наконец я, после долгих усилий, узнал, что какой-то пожилой человек уговорил или как-то склонил Аграфену пустить его в кухню, в жильцы и в нахлебники. Что Аграфене пришло в голову, тому должно было сделаться; иначе, я знал, что она мне покоя не даст. В тех случаях, когда что-нибудь было не по ней, она тотчас же начинала задумываться, впадала в глубокую меланхолию, и такое состояние продолжалось недели две или три. В это время портилось кушанье, не досчитывалось белье, полы не были вымыты, — одним словом, происходило много неприятностей. Я давно заметил, что эта бессловесная женщина не в состоянии была составить решения, установиться на какой-нибудь собственно ей принадлежащей мысли. Но уж если в слабом мозгу ее каким-нибудь случайным образом складывалось что-нибудь похожее на идею, на предприятие, то отказать ей в исполнении значило на несколько времени морально убить ее. И потому, более всего любя собственное спокойствие, я тотчас же согласился.

— Есть ли по крайней мере у него вид какой-нибудь, паспорт или что-нибудь?

— Как же! известно есть. Хороший, бывалый человек; три рубля обещался давать.

На другой же день в моей скромной, холостой квартире появился новый жилец; но я не досадовал, даже про себя был рад. Я вообще живу уединенно, совсем затворником. Знакомых у меня почти никого; выхожу я редко. Десять лет прожив глухарем, я, конечно, привык к уединению. Но десять, пятнадцать лет, а может быть, и более такого же уединения, с такой же Аграфеной, в той же холостой квартире, — конечно, довольно бесцветная перспектива! И потому лишний смирный человек при таком порядке вещей — благодать небесная!

Аграфена не солгала: жилец мой был из бывалых людей. По паспорту оказалось, что он из отставных солдат, о чем я узнал, и не глядя на паспорт, с первого взгляда, по лицу. Это легко узнать. Астафий Иванович, мой жилец, был из хороших между своими. Зажили мы хорошо. Но всего лучше было, что Астафий Иванович подчас умел рассказывать истории, случаи из собственной жизни. При всегдашней скуке моего житья-бытья такой рассказчик был просто клад. Раз он мне рассказал одну из таких историй. Она произвела на меня некоторое впечатление. Но вот по какому случаю произошел этот рассказ.

Однажды я остался в квартире один: и Астафий и Аграфена разошлись по делам. Вдруг я услышал из второй комнаты, что кто-то вошел, и, показалось мне, чужой; я вышел: действительно, в передней стоял чужой человек, малый невысокого роста, в одном сюртуке, несмотря на холодное, осеннее время.

— Чего тебе?

— Чиновника Александрова; здесь живет?

— Такого нет, братец; прощай.

— Как же дворник сказал, что здесь, — проговорил посетитель, осторожно ретируясь к дверям.

— Убирайся, убирайся, братец; пошел.

На другой день после обеда, когда Астафий Иванович примерял мне сюртук, который был у него в переделке, опять кто-то вошел в переднюю. Я приотворил дверь.

Вчерашний господин, на моих же глазах, преспокойно снял с вешалки мою бекешь, сунул ее под мышку и пустился вон из квартиры. Аграфена всё время смотрела на него, разинув рот от удивления, и больше ничего не сделала для защиты бекеши. Астафий Иванович пустился вслед за мошенником и через десять минут воротился, весь запыхавшись, с пустыми руками. Сгинул да пропал человек!

— Ну, неудача, Астафий Иванович. Хорошо еще, что шинель нам осталась! А то бы совсем посадил на мель, мошенник!

Но Астафия Ивановича всё это так поразило, что я даже позабыл о покраже, на него глядя. Он опомниться не мог. Поминутно бросал работу, которою был занят, поминутно начинал сызнова рассказывать дело, каким это образом всё случилось, как он стоял, как вот в глазах, в двух шагах, сняли бекешь и как это всё устроилось, что и поймать нельзя было. Потом опять садился за работу; потом опять бросал всё, и я видел, как, наконец, пошел он к дворнику рассказать и попрекнуть его, что на своем дворе таким делам быть попускает. Потом воротился и Аграфену начал бранить. Потом опять сел за работу и долго еще бормотал про себя, что вот как это всё дело случилось, как он тут стоял, а я там и как вот в глазах, в двух шагах, сняли бекешь и т. д. Одним словом, Астафий Иванович хотя дело сделать умел, однако был большой кропотун и хлопотун.

— Одурачили нас с тобой, Астафий Иваныч! — сказал я ему вечером, подавая ему стакан чая и желая от скуки опять вызвать рассказ о пропавшей бекеше, который от частого повторения и от глубокой искренности рассказчика начинал становиться очень комическим.

— Одурачили, сударь! Да просто вчуже досадно, зло пробирает, хоть и не моя одежа пропала. И, по-моему, нет гадины хуже вора на свете. Иной хоть задаром берет, а этот твой труд, пот, за него пролитой, время твое у тебя крадет... Гадость, тьфу! говорить не хочется, зло берет. Как это вам, сударь, своего добра не жалко?

— Да, оно правда, Астафий Иваныч; уж лучше сгори вещь, а вору уступить досадно, не хочется.

— Да уж чего тут хочется! Конечно, вор вору розь... А был, сударь, со мной один случай, что попал я и на честного вора.

— Как на честного! Да какой же вор честный, Астафий Иваныч?

— Оно, сударь, правда! Какой же вор честный, и не бывает такого. Я только хотел сказать, что честный, кажется, был человек, а украл. Просто жалко было его.

— А как это было, Астафий Иваныч?

— Да было, сударь, тому назад года два. Пришлось мне тогда без малого год быть без места, а когда еще доживал я на месте, сошелся со мной один пропащий совсем человек. Так, в харчевне сошлись. Пьянчужка такой, потаскун, тунеядец, служил прежде где-то, да его за пьяную жизнь уж давно из службы выключили. Такой недостойный! ходил он уж бог знает в чем! Иной раз так думаешь, есть ли рубашка у него под шинелью; всё, что ни заведется, пропьет. Да не буян; характером смирен, такой ласковый, добрый, и не просит, всё совестится: ну, сам видишь, что хочется выпить бедняге, и поднесешь. Ну, так-то я с ним и сошелся, то есть он ко мне привязался... мне-то всё равно. И какой был человек! Как собачонка привяжется, ты туда — и он за тобой; а всего один раз только виделись, мозгляк такой! Сначала пусти его переночевать — ну, пустил; вижу, и паспорт в порядке, человек ничего! Потом, на другой день, тоже пусти его ночевать, а там и на третий пришел, целый день на окне просидел; тоже ночевать остался. Ну, думаю, навязался ж он на меня: и пой и корми его, да еще ночевать пускай, — вот бедному человеку, да еще нахлебник на шею садится. А прежде он тоже, как и ко мне, к одному служащему хаживал, привязался к нему, вместе всё пили; да тот спился и умер с какого-то горя. А этого звали Емелей, Емельяном Ильичом. Думаю, думаю: как мне с ним быть? прогнать его — совестно, жалко: такой жалкий, пропащий человек, что Я господи! И бессловесный такой, не просит, сидит себе, только как собачонка в глаза тебе смотрит. То есть вот как пьянство человека испортит! Думаю про себя: как скажу я ему: ступай-ка ты, Емельянушка, вон; нечего тебе делать у меня; не к тому попал; самому скоро перекусить будет нечем, как же мне держать тебя на своих харчах? Думаю, сижу, что он сделает, как я такое скажу ему? Ну, и вижу сам про себя, как бы долго он глядел на меня, когда бы услыхал мою речь, как бы долго сидел и не понимал ни слова, как бы потом, когда вдомек бы взял, встал бы с окна, взял бы свой узелок, как теперь вижу, клетчатый, красный, дырявый, в который бог знает что завертывал и всюду С собой носил, как бы оправил свою шинелишку, так, чтоб и прилично было, и тепло, да и дырьев было бы не видать, — деликатный был человек! как бы отворил потом дверь да и вышел бы с слезинкой на лестницу. Ну, не пропадать же совсем человеку... жалко стало! А тут потом, думаю, мне-то самому каково! Постой же, смекаю про себя, Емельянушка, недолго тебе у меня пировать; вот скоро съеду, тогда не найдешь. Ну-с, сударь, съехали мы; тогда еще Александр Филимонович, барин (теперь покойник, царство ему небесное), говорят: очень остаюсь тобою доволен, Астафий, воротимся все из деревни, не забудем тебя, опять возьмем. А я у них в дворецких проживал, — добрый был барин, да умер в том же году. Ну, как проводили мы их, взял я свое добро, деньжонок кой-каких было, думаю, попокоюсь себе, да и съехал я к одной старушоночке, угол занял у ней. А у ней и всего-то один угол свободный был. Тоже в нянюшках где-то была, так теперь особо жила, пенсион получала. Ну, думаю, прощай теперь, Емельянушка, родной человек, не найдешь ты меня! Что ж, сударь, думаете? Воротился я повечеру (к знакомому человеку повидаться ходил) и первого вижу Емелю, сидит себе у меня на сундуке, и клетчатый узелок подле него, сидит в шинелишке, меня поджидает... да от скуки еще книжку церковную у старухи взял, вверх ногами держит. Нашел-таки! И руки у меня опустились. Ну, думаю, нечего делать, зачем сначала не гнал? Да прямо и спрашиваю: "Принес ли паспорт, Емеля?"

Я тут, сударь, сел да начал раздумывать: что ж он, скитающийся человек, много ль помехи мне сделает? И вышло, по раздумье, что немногого будет стоить помеха, Кушать ему надо, думаю. Ну, хлебца кусочек утром, да чтоб приправа посмачнее была, так лучку купить. Да в полдень ему тоже хлебца да лучку дать; да повечерять тоже лучку с квасом да хлебца, если хлебца захочет. А навернутся щи какие-нибудь, так мы уж оба по горлышко сыты. Я-то есть много не ем, а пьющий человек, известно, ничего не ест: ему бы только настоечкн да зелена винца. Доконает он меня на питейном, подумал я, да тут же, сударь, и другое в голову пришло, и ведь как забрало меня. Да так, что вот если б Емеля ушел, так я бы жизни не рад был... Порешил же я тогда быть ему отцом-благодетелем. Воздержу, думаю, его от злой гибели, отучу его чарочку знать! Постой же ты, думаю: ну, хорошо, Емеля, оставайся, да только держись теперь у меня, слушай команду!

Вот и думаю себе: начну-ка я его теперь к работе какой приучать, да не вдруг; пусть сперва погуляет маленько, а я меж тем приглянусь, поищу, к чему бы такому, Емеля, способность найти в тебе. Потому что на всякое дело, сударь, наперед всего человеческая способность нужна. И стал я к нему втихомолку приглядываться. Вижу: отчаянный ты человек, Емельянушка! Начал я, сударь, сперва с доброго слова: так и сяк, говорю, Емельян Ильич, ты бы на себя посмотрел да как-нибудь там поправился. Полно гулять! Смотри-ка, в отрепье весь ходишь, шинелишка-то твоя, простительно сказать, на решето годится; нехорошо! Пора бы, кажется, честь знать.

Сидит, слушает меня понуря голову мой Емельянушка. Чего, сударь! Уж до того дошел, что язык пропил, слова путного сказать не умеет. Начнешь ему про огурцы, а он тебе на бобах откликается! слушает меня, долго слушает, а потом и вздохнет.

— Чего ж ты вздыхаешь, спрашиваю, Емельян Ильич?

— Да так-с, ничего, Астафий Иваныч, не беспокойтесь. А вот сегодня две бабы, Астафий Иваныч, подрались на улице, одна у другой лукошко с клюквой невзначай рассыпала.

— Ну, так что ж?

— А другая за то ей нарочно ее же лукошко с клюквой рассыпала, да еще ногой давить начала.

— Ну, так что ж, Емельян Ильич?

— Да ничего-с, Астафий Иваныч, я только так.

"Ничего-с, только так. Э-эх! думаю, Емеля, Емелюшка! пропил-прогулял ты головушку!.."

— А то барин ассигнацию обронил на панели в Гороховой, то бишь в Садовой. А мужик увидал, говорит: мое счастье; а тут другой увидал, говорит: нет, мое счастье! Я прежде твоего увидал...

— Ну, Емельян Ильич.

— И задрались мужики, Астафий Иваныч. А городовой подошел, поднял ассигнацию и отдал барину, а мужиков обоих в будку грозил посадить.

— Ну, так что ж? что же тут такого назидательного есть. Емельянушка?

— Да я ничего-с. Народ смеялся, Астафий Иваныч.

— Э-эх, Емельянушка! что народ! Продал ты за медный алтын свою душеньку. А знаешь ли что, Емельян Ильич, я скажу-то тебе?

— Чего-с, Астафий Иваныч?

— Возьми-ка работу какую-нибудь, право, возьми. В сотый говорю, возьми, пожалей себя!

— Что же мне взять такое, Астафий Иваныч? я уж и не

знаю, что я такое возьму; и меня-то никто не возьмет, Астафий Иваныч.

— За то ж тебя и из службы изгнали, Емеля, пьющий ты человек!

— А то вот Власа-буфетчика в контору позвали сегодня, Астафий Иваныч.

— Зачем же, говорю, позвали его, Емельянушка?

— А вот уж и не знаю зачем, Астафий Иваныч. Значит, уж оно там нужно так было, так и потребовали...

"Э-эх! думаю, пропали мы оба с тобой, Емельянушка! За грехи наши нас господь наказует!" Ну, что с таким человеком делать прикажете, сударь!

Только хитрый был парень, куды! Слушал он, слушал меня, да потом, знать, ему надоело, чуть увидит, что я осерчал, возьмет шинелишку да и улизнет — поминай как звали! день прошатается, придет под вечер пьяненький. Кто его поил, откуда он деньги брал, уж господь его ведает, не моя в том вина виновата!..

— Нет, говорю, Емельян Ильич, не сносить тебе головы! Полно пить, слышишь ты, полно! Другой раз, коли пьяный воротишься, на лестнице будешь у меня ночевать. Не пущу!..

Выслушав наказ, сидит мой Емеля день, другой; на третий опять улизнул. Жду-пожду, не приходит! Уж я, признаться сказать, перетрусил, да и жалко мне стало. Что я делал над ним? думаю. Запугал я его. Ну, куда он пошел теперь, горемыка? пропадет, пожалуй, господи бог мой! Ночь пришла, нейдет. Наутро вышел я в сени, смотрю, а он в сенях почивать изволит. На приступочку голову положил и лежит; окостенел от стужи совсем.

— Что ты, Емеля? Господь с тобой! Куда ты попал?

— Да вы, энтого, Астафий Иваныч, сердились намедни, огорчаться изволили и обещались в сенях меня спать положить, так я, энтого, и не посмел войти, Астафий Иваныч, да и лег тут...

И злость и жалость взяли меня!

— Да ты б, Емельян, хоть бы другую какую-нибудь должность взял, говорю. Чего лестницу-то стеречь!..

— Да какую ж бы другую должность, Астафий Иваныч?

— Да хоть бы ты, пропащая ты душа, говорю (зло меня такое взяло!), хоть бы ты портняжному-то искусству повыучился. Ишь у тебя шинель-то какая! Мало что в дырьях, так ты лестницу ею метешь! взял бы хоть иголку да дырья-то свои законопатил, как честь велит. Э-эх, пьяный ты человек!

Что ж, сударь! и взял он иглу; ведь я ему на смех сказал, а он оробел да и возьми. Скинул шинелишку и начал нитку в иглу вдевать. Я гляжу на него; ну, дело известное, глаза нагноились, покраснели; руки трепещут, хоть ты што! совал, совал — не вдевается нитка; уж он как примигивался: и помусолит-то, и посучит в руках — нет! бросил, смотрит на меня...

— Ну, Емеля, одолжил ты меня! было б при людях, так голову срезал бы! Да ведь я тебе, простому такому человеку, на смех, в укору сказал... Уж ступай, бог с тобой, от греха! сиди так, да срамного дела не делай, по лестницам не ночуй, меня не срами!..

— Да что же мне делать-то, Астафий Иваныч; я ведь и сам знаю, что всегда пьяненький и никуда не гожусь!.. Только вас, моего бла... благо-детеля, в сердце ввожу понапрасну...

Да тут как затрясутся у него вдруг его синие губы, как покатилась слезинка по белой щеке, как задрожала эта слезинка на его бороденке небритой, да как зальется, прыснет вдруг целой пригоршней слез мой Емельян... Батюшки! словно ножом мне полоснуло по сердцу.

"Эх ты, чувствительный человек, совсем и не думал я! Кто бы знал, кто гадал про то?.. Нет, думаю, Емеля, отступлюсь от тебя совсем; пропадай как ветошка!.."

Ну, сударь, что тут еще долго рассказывать! Да и вся-то вещь такая пустая, мизерная, слов не стоит, то есть вы, сударь, примерно сказать, за нее двух сломанных грошей не дадите, а я-то бы много дал, если б у меня много было, чтоб только всего того не случилось! Были у меня, сударь, рейтузы, прах их возьми, хорошие, славные рейтузы, синие с клетками, а заказывал мне их помещик, который сюда приезжал, да отступился потом, говорит: узки; так они у меня на руках и остались. Думаю: ценная вещь! в Толкучем целковых пять, может, дадут, а нет, так я из них двое панталон петербургским господам выгадаю, да еще хвостик мне на жилетку останется. Оно бедному человеку, нашему брату, знаете, всё хорошо! А у Емельянушки на ту пору прилучись время суровое, грустное. Смотрю: день не пьет, другой не пьет, третий — хмельного в рот не берет, осовел совсем, индо жалко, сидит подгорюнившись. Ну, думаю: али куплева, парень, нет у тебя, аль уж ты сам на путь божий вошел да баста сказал, резону послушался. Вот, сударь, так это всё и было; а на ту пору случись праздник большой. Я пошел ко всенощной; прихожу — сидит мой Емеля на окошечке, пьяненький, покачивается. Э-ге! думаю, так-то ты, парень! да и пошел зачем-то в сундук. Глядь! а рейтуз-то и нету!.. Я туда и сюда: сгинули! Ну, как перерыл я всё, вижу, что нет, — так меня по сердцу как будто скребнуло! Бросился я к старушоночке, сначала ее поклепал, согрешил, а на Емелю, хоть и улика была, что пьяным сидит человек, и домека не было! "Нет, говорит моя старушонка, господь с тобой, кавалер, на что мне рейтузы, носить, что ли, стать? у меня у самой намедни юбка на добром человеке из вашего брата пропала... Ну, то есть, не знаю, не ведаю, говорит". — "Кто здесь был, говорю, кто приходил?" — "Да никто, говорит, кавалер, не приходил; я всё здесь была. Емельян Ильич выходил, да потом и пришел; вон сидит! Его допроси". — "Не брал ли, Емеля, говорю, по какой-нибудь надобности, рейтуз моих новых, помнишь, еще на помещика строили?" — "Нет, говорит, Астафий Иваныч, я, то есть, энтого, их не брал-с".

Что за оказия! опять искать начал, искал-искал — нет! А Емеля сидит да покачивается. Сидел я вот, сударь, так перед ним, над сундуком, на корточках, да вдруг и накосился на него глазом... Эх-ма! думаю: да так вот у меня и зажгло сердце в груди; даже в краску бросило. Вдруг и Емеля посмотрел на меня.

— Нет, говорит, Астафий Иваныч, я рейтуз-то ваших, энтого... вы. может, думаете, что, того, а я их не брал-с.

— Да куда же бы пропасть им, Емельян Ильич?

— Нет, говорит, Астафий Иваныч, не видал совсем.

110

— Что же, Емельян Ильич, знать, уж они, как там ни есть, взяли да сами пропали?

— Может, что и сами пропали, Астафий Иваныч. Я как выслушал его, как был — встал, подошел к окну, засветил светильню да и сел работу тачать. Жилетку чиновнику, что под нами жил, переделывал. А у самого так вот и горит, так и ноет в груди. То есть легче б, если б я всем гардеробом печь затопил. Вот и почуял, знать, Емеля, что меня зло схватило за сердце. Оно, сударь, коли злу человек причастен, так еще издали чует беду, словно перед грозой птица небесная.

— А вот, Астафий Иванович, — начал Емелюшка (а у самого дрожит голосенок), — сегодня Антип Прохорыч, фельдшер, на кучеровой жене, что помер намедни, женился...

Я, то есть, так поглядел на него, да уж злостно, знать, поглядел... Понял Емеля. Вижу: встает, подошел к кровати и начал около нее что-то пошаривать. Жду — долго возится, а сам всё приговаривает: "Нет как нет, куда бы им, шельмам, сгинуть!" Жду, что будет; вижу, полез Емеля под кровать на корточках. Я и не вытерпел.

— Чего вы, говорю, Емельян Ильич, на корточках-то ползаете?

— А вот нет ли рейтуз, Астафий Иваныч. Посмотреть, не завалились ли туда куда-нибудь.

— Да что вам, сударь, говорю (с досады величать его начал), что вам, сударь, за бедного, простого человека, как я, заступаться; коленки-то попусту ерзать!

— Да что ж, Астафий Иваныч, я ничего-с... Оно, может, как-нибудь и найдутся, как поискать.

— Гм... говорю; послушай-ка, Емельян Ильич!

— Что, говорит, Астафий Иваныч?

— Да не ты ли, говорю, их просто украл у меня, как вор и мошенник, за мою хлеб-соль услужил? — То есть вот как, сударь, меня разобрало тем, что он на коленках передо мной начал по полу ерзать.

— Нет-с... Астафий Иванович...

А сам, как был, так и остался под кроватью ничком. Долго лежал; потом выполз. Смотрю: бледный совсем человек, словно

111

простыня. Привстал, сел подле меня на окно, этак минут с десять сидел.

— Нет, говорит, Астафий Иваныч, — да вдруг и встал и подступил ко мне, как теперь смотрю, страшный как грех.

— Нет, говорит, Астафий Иваныч, я ваших рейтуз, того, не изволил брать...

Сам весь дрожит, себя в грудь пальцем трясучим тыкает, а голосенок-то дрожит у него так, что я, сударь, сам оробел и словно прирос к окну.

— Ну, говорю, Емельян Ильич, как хотите, простите, коли я, глупый человек, вас попрекнул понапраслиной. А рейтузы пусть их, знать, пропадают; не пропадем без рейтуз. Руки есть, слава богу, воровать не пойдем... и побираться у чужого бедного человека не будем; заработаем хлеба...

Выслушал меня Емеля, постоял-постоял предо мной, смотрю — сел. Так и весь вечер просидел, не шелохнулся; уж я и ко сну отошел, всё на том же месте Емеля сидит. Наутро только, смотрю, лежит себе на голом полу, скрючившись в своей шинелишке; унизился больно, так и на кровать лечь не пришел. Ну, сударь, невзлюбил я его с этой поры, то есть на первых днях возненавидел. Точно это. примерно сказать, сын родной меня обокрал да обиду кровную мне причинил. Ах, думаю: Емеля, Емеля! А Емеля, сударь, недели с две без просыпу пьет. То есть остервенился совсем, опился. С утра уйдет, придет поздней ночью, и в две недели хоть бы слово какое я от него услыхал. То есть, верно, это его самого тогда горе загрызло, или извести себя как-нибудь хотел. Наконец, баста, прекратил, знать, всё пропил и сел опять на окно. Помню, сидел, молчал трое суток; вдруг, смотрю: плачет человек. То есть сидит, сударь, и плачет, да как! то есть просто колодезь, словно не слышит сам, как слезы роняет. А тяжело, сударь, видеть, когда взрослый человек, да еще старик человек, как Емеля, с беды-грусти плакать начнет.

— Что ты, Емеля? — говорю.

И всего его затрясло. Так и вздрогнул. Я, то есть, первый раз с того времени к нему речь обратил.

— Ничего... Астафий Иваныч.

112

— Господь с тобой, Емеля, пусть его всё пропадает. Чего ты такой совой сидишь? — Жалко мне стало его.

— Так-с, Астафий Иваныч, я не того-с. Работу какую-нибудь хочу взять, Астафий Иваныч.

— Какую же бы такую работу, Емельян Ильич?

— Так, какую-нибудь-с. Может, должность какую найду-с, как и прежде; я уж ходил просить к Федосею Иванычу... Нехорошо мне вас обижать-с, Астафий Иваныч. Я, Астафий Иваныч, как, может быть, должность-то найду, так вам всё отдам и за все харчи ваши вам вознаграждение представлю.

— Полно, Емеля, полно; ну, был грех такой, ну — и прошел! Прах его побери! Давай жить по-старому.

— Нет-с, Астафий Иваныч, вы, может быть, всё, того... а я ваших рейтуз не изволил брать...

— Ну, как хочешь; господь с тобой, Емельянушка!

— Нет-с, Астафий Иваныч. Я, видно, больше у вас не жилец. Уж вы меня извините, Астафий Иваныч.

— Да господь с тобой, говорю: кто тебя, Емельян Ильич, обижает, с двора гонит, я, что ли?

— Нет-с, неприлично мне так жить у вас, Астафий Иваныч... Я лучше уж пойду-с...

То есть разобиделся, наладил одно человек. Смотрю я на него, и вправду встал, тащит на плеча шинелишку.

— Да куда ж ты, этово, Емельян Ильич? послушай ума-разума: что ты? куда ты пойдешь?

— Нет, уж вы прощайте, Астафий Иваныч, уж не держите меня (сам опять хнычет); я уж пойду от греха, Астафий Иванович. Вы уж не такие стали теперь.

— Да какой не такой? такой! Да ты как дитя малое, неразумное, пропадешь один, Емельян Ильич.

— Нет, Астафий Иваныч, вы вот, как уходите, сундук теперь запираете, а я, Астафий Иваныч, вижу и плачу... Нет, уж вы лучше пустите меня, Астафий Иваныч, и простите мне всё, чем я в нашем сожительстве вам обиду нанес.

Что ж, сударь? и ушел человек. День жду, вот, думаю, воротится к вечеру — нет! Другой день нет, третий — нет. Испугался я, тоска меня ворочает; не пью, не ем, не сплю.

Обезоружил меня совсем человек! Пошел я на четвертый день ходить, во все кабачки заглядывал, спрашивал — нет, пропал Емельянушка! "Уж сносил ли ты свою голову победную? — думаю. — Может, издох где у забора пьяненький и теперь, как бревно гнилое, лежишь". Ни жив ни мертв я домой воротился. На другой день тоже идти искать положил. И сам себя проклинаю, зачем я тому попустил, чтоб глупый человек на свою волю ушел от меня. Только смотрю: чем свет, на пятый день (праздник был), скрипит дверь. Вижу: входит Емеля: синий такой и волосы все в грязи, словно спал на улице, исхудал весь, как лучина; снял шинелишку, сел ко мне на сундук, глядит на меня. Обрадовался я, да пуще прежнего тоска к моей душе припаялась. Оно вот как, сударь, выходит: случись, то есть, надо мной такой грех человеческий, так я, право слово, говорю: скорей, как собака, издох бы, а не пришел. А Емеля пришел! Ну, натурально, тяжело человека в таком положении видеть. Начал я его лелеять, ласкать, утешать. "Ну, говорю, Емельянушка, рад, что ты воротился. Опоздал бы маленько прийти, я б и сегодня пошел по кабачкам тебя промышлять. Кушал ли ты?"

— Кушал-с, Астафий Иваныч.

— Полно, кушал ли? Вот, братец, щец вчерашних маленько осталось; на говядине были, не пустые; а вот и лучку с хлебом. Покушай, говорю: оно на здоровье не лишнее.

Подал я ему; ну, тут и увидал, что, может, три дня целых не ел человек, — такой аппетит оказался. Это, значит, его голод ко мне пригнал. Разголубился я, на него глядя, сердечного. Сем-ка, я думаю, в штофную сбегаю. Принесу ему отвести душу, да и покончим, полно! Нет у меня больше на тебя злобы, Емельянушка! Принес винца. Вот, говорю, Емельян Ильич, выпьем для праздника. Хочешь выпить? оно здорово.

Протянул было он руку, этак жадно протянул, уж взял было, да и остановился; подождал маленько; смотрю: взял, несет ко рту, плескает у него винцо на рукав. Нет, донес ко рту, да тотчас и поставил на стол.

— Что ж, Емельянушка?

— Да нет; я, того... Астафий Иваныч.

— Не выпьешь, что ли?

— Да я, Астафий Иваныч, так уж... не буду больше пить, Астафий Иваныч.

— Что ж, ты совсем перестать собрался, Емелюшка, или только сегодня не будешь?

Промолчал. Смотрю: через минуту положил на руку голову.

— Что ты, уж не заболел ли, Емеля?

— Да так, нездоровится, Астафий Иваныч.

Взял я его и положил на постель. Смотрю, и вправду худо: голова горит, а самого трясет лихорадкой. Посидел я день над ним; к ночи хуже. Я ему квасу с маслом и с луком смешал, хлебца подсыпал. Ну, говорю: тюри покушай, авось будет лучше! Мотает головой. "Нет, говорит, я уж сегодня обедать не буду, Астафий Иваныч". Чаю ему приготовил, старушоночку замотал совсем, — нет ничего лучше. Ну, думаю, плохо! Пошел я на третье утро к врачу. У меня тут медик Костоправов знакомый жил. Еще прежде, когда я у Босомягиных господ находился, познакомились; лечил он меня. Пришел медик, посмотрел. "Да нет, говорит, оно плохо. Нечего было, говорит, и посылать за мной. А пожалуй, дать ему порошков". Ну, порошков-то я не дал; так, думаю, балуется медик; а между тем наступил пятый день.

Лежал он, сударь, передо мной, кончался. Я сидел на окне, работу в руках держал. Старушоночка печку топила. Все молчим. У меня, сударь, сердце по нем, забулдыге, разрывается: точно это я сына родного хороню. Знаю, что Емеля теперь на меня смотрит, еще с утра видел, что крепится человек, сказать что-то хочет, да, как видно, не смеет. Наконец взглянул на него; вижу: тоска такая в глазах у бедняги, с меня глаз не сводит; а увидал, что я гляжу на него, тотчас потупился.

— Астафий Иваныч!

— Что, Емелюшка?

— А вот если б, примером, мою шинелеочку в Толкучий снесть, так много ль за нее дали бы, Астафий Иваныч?

— Ну, говорю, неведомо, много ли дали бы. Может, и трехрублевый бы дали, Емельян Ильич.

А поди-ка понеси в самом деле, так и ничего бы не дали, кроме того что насмеялись бы тебе в глаза, что такую злосчастную вещь продаешь. Так только ему, человеку божию, зная норов его простоватый, в утеху сказал.

— А я-то думал, Астафий Иваныч, что три рубля серебром за нее положили бы; она вещь суконная, Астафий Иваныч. Как же трехрублевый, коли суконная вещь?

— Не знаю, говорю, Емельян Ильич; коль нести хочешь, так, конечно, три рубля нужно будет с первого слова просить.

Помолчал немного Емеля; потом опять окликает:

— Астафий Иваныч!

— Что, спрашиваю, Емельянушка?

— Вы продайте шинеленочку-то, как я помру, а меня в ней не хороните. Я и так полежу; а она вещь ценная; вам пригодиться может.

Тут у меня так, сударь, защемило сердце, что и сказать нельзя. Вижу, что тоска предсмертная к человеку подступает. Опять замолчали. Этак час прошло времени. Посмотрел я на него сызнова: всё на меня смотрит, а как встретился взглядом со мной, опять потупился.

— Не хотите ли, говорю, водицы испить, Емельян Ильич?

— Дайте, господь с вами, Астафий Иваныч. Подал я ему испить. Отпил.

— Благодарствую, говорит, Астафий Иваныч.

— Не надо ль еще чего, Емельянушка?

— Нет, Астафий Иваныч; ничего не надо; а я, того...

— Что?

— Энтого...

— Чего такого, Емелюшка?

— Рейтузы-то... энтого... это я их взял у вас тогда... Астафий Иваныч...

— Ну, господь, говорю, тебя простит, Емельянушка, горемыка ты такой, сякой, этакой! отходи с миром... А у самого, сударь, дух захватило и слезы из глаз посыпались; отвернулся было я на минуту.

— Астафий Иваныч...

Смотрю: хочет Емеля мне что-то сказать; сам

приподнимается, силится, губами шевелит... Весь вдруг покраснел, смотрит на меня... Вдруг вижу: опять бледнеет, бледнеет, опал совсем во мгновенье; голову назад закинул, дохнул раз да тут и богу душу отдал ....

ЧУЖАЯ ЖЕНА И МУЖ ПОД КРОВАТЬЮ

(Происшествие необыкновенное)

I

— Сделайте одолжение, милостивый государь, позвольте вас спросить...

Прохожий вздрогнул и несколько в испуге взглянул на господина в енотах, приступившего к нему так без обиняков, в восьмом часу вечера, среди улицы. А уж известно, что если один петербургский господин вдруг заговорит на улице о чем-нибудь с другим, совершенно незнакомым ему господином, то другой господин непременно испугается.

Итак, прохожий вздрогнул и несколько испугался.

— Извините, что я вас потревожил, — говорил господин в енотах, — но я... я, право, не знаю... вы, вероятно, извините меня; вы видите, я в некотором расстройстве духа...

Тут только заметил молодой человек в бекеше, что господин в енотах был точно в расстройстве. Его сморщенное лицо было довольно бледненько, голос его дрожал, мысли очевидно сбивались, слова не лезли с языка, и видно было, что ему ужасного труда стоило согласить покорнейшую просьбу, может быть, к своему низшему в отношении степени или сословия лицу, с нуждою непременно обратиться к кому-нибудь с просьбой. Да и, наконец, просьба эта во всяком случае была неприличная, несолидная, странная со стороны человека, имевшего такую солидную шубу, такой почтенный, превосходного темно-зеленого цвета фрак и такие многознаменательные украшения, упещрявшие этот фрак. Видно было, что всё это смущало самого господина в енотах, так что наконец, расстроенный духом, господин не выдержал, решился подавить свое волнение и прилично замять неприятную сцену, которую сам же вызвал.

— Извините меня, я не в себе; но вы, правда, меня не

знаете... Извините, что обеспокоил вас; я раздумал. Тут он приподнял из учтивости шляпу и побежал далее.

— Но позвольте, сделайте милость.

Маленький человек, однако, скрылся во мраке, оставив в остолбенелом состоянии господина в бекеше.

"Что за чудак!" — подумал господин в бекеше. Потом, как следует подивившись и вышед наконец из остолбенелого состояния, он вспомнил про свое и начал прохаживаться взад и вперед, пристально глядя на ворота одного бесконечноэтажного дома. Начинал падать туман, и молодой человек несколько обрадовался, ибо прогулка его при тумане была незаметнее, хотя, впрочем, только какой-нибудь безнадежно весь день простоявший извозчик мог заметить ее.

— Извините!

Прохожий опять вздрогнул: опять тот же господин в енотах стоял перед ним.

— Извините, что я опять... — заговорил он, — но вы, вы — верно, благородный человек! Не обращайте на меня внимания как на лицо, взятое в общественном смысле; я, впрочем, сбиваюсь; но вникните, по-человечески... перед вами, сударь, человек, нуждающийся в покорнейшей просьбе...

— Если могу... что вам угодно?

— Вы, может, подумали, что уж я у вас денег прошу! — сказал таинственный господин, кривя рот, истерически смеясь и бледнея.

— Помилуйте-с...

— Нет, я вижу, что я вам в тягость! Извините, я не могу переносить себя; считайте, что вы видите меня в расстроенном состоянии духа, почти в сумасшествии, и не заключите чего-нибудь...

— Но к делу, к делу! — отвечал молодой человек, ободрительно и нетерпеливо кивнув головой.

— А! Теперь вот как! Вы, такой молодой человек, мне напоминаете о деле, как будто я какой нерадивый мальчишка! Я решительно выжил из ума!.. Как я вам кажусь теперь в моем унижении, скажите откровенно?

Молодой человек сконфузился и смолчал.

— Позвольте вас спросить откровенно: не видали ль вы одной дамы? В этом вся просьба моя! — решительно проговорил наконец господин в енотовой шубе.

— Дамы?

— Да-с, одной дамы.

— Я видел... но их, признаюсь, так прошло много...

— Так точно-с, — отвечал таинственный человек с горькой улыбкой. — Я сбиваюсь, я не то хотел спросить, извините меня; я хотел сказать, не видали ль вы одной госпожи в лисьем салопе, в темном бархатном капоре с черной вуалью?

— Нет, такой не видал... нет, кажется, не заметил.

— А! в таком случае извините-с!

Молодой человек хотел что-то спросить, но господин в енотах опять исчез, опять оставив в остолбенелом состоянии своего терпеливого слушателя. "А, черт бы его взял!" — подумал молодой человек в бекеше, очевидно расстроенный.

Он с досадою закрылся бобром и опять стал прохаживаться, соблюдая предосторожности, мимо ворот бесконечноэтажного дома. Он злился.

"Что ж она не выходит? — думал он. — Скоро восемь часов!"

На башне пробило восемь часов.

— Ах! черт вас возьми, наконец!

— Извините-с!..

— Извините меня. что я вас так... Но вы так подкатились мне под ноги, что испугали совсем, — проговорил прохожий, морщась и извиняясь.

— Я опять к вам-с. Конечно, я вам должен казаться беспокойным и странным-с.

— Сделайте одолжение, без пустяков, объяснитесь скорее; я еще не знаю, в чем ваше желанье?..

— Вы торопитесь? Видите ли-с. Я вам всё расскажу откровенно, без лишних слов. Что ж делать! Обстоятельства связывают иногда людей совершенно разнородных характеров... Но, я вижу, вы нетерпеливы, молодой человек... Так вот-с... впрочем, я не знаю, как и говорить: я ищу даму-с (я уж решился всё говорить). Я именно должен знать, куда пошла эта дама? Кто она, — я думаю, вам не нужно знать ее имени, молодой человек.

— Ну-с, ну-с, дальше.

— Дальше! но ваш тон со мной! Извините, может быть, я вас оскорбил, назвав вас молодым человеком, но я не имел ничего... одним словом, если вам угодно оказать мне величайшую услугу, так вот-с, одна дама-с, то есть я хочу сказать порядочная женщина, из превосходного семейства, моих знакомых... мне поручено... я, видите ли, сам не имею семейства...

— Ну-с.

— Вникните в мое положение, молодой человек (ах, опять! извините-с; я всё называю вас молодым человеком). Каждая минута дорога... Представьте себе, эта дама... но не можете ли вы мне сказать, кто живет в этом доме?

— Да... тут много живут.

— Да, то есть вы совершенно справедливы, — отвечал господин в енотах, слегка засмеявшись для спасения приличий, —чувствую, я немного сбиваюсь... но к чему такой тон ваших слов? Вы видите, что я чистосердечно сознаюсь в том, что сбиваюсь, и если вы надменный человек, то уж вы достаточно видели мое унижение... Я говорю, одна дама, благородного поведения, то есть легкого содержания, — извините, я так сбиваюсь, точно про литературу какую говорю; вот — выдумали, что Поль де Кок легкого содержания, а вся беда от Поль де Кока-то-с... вот!..

Молодой человек с сожалением посмотрел на господина в енотах, который, казалось, окончательно сбился, замолчал, глядел на него, бессмысленно улыбаясь, и дрожащею рукою, без всякой видимой причины, хватал его за лацкан бекеши.

— Вы спрашиваете, кто здесь живет? — спросил молодой человек, несколько отступая назад.

— Да, многие живут, вы сказали.

— Здесь... я знаю, что здесь Софья Остафьевна тоже живет, — проговорил молодой человек шепотом и даже с каким-то соболезнованием.

— Ну, вот видите, видите! вы что-нибудь знаете, молодой человек?

— Уверяю вас, нет, ничего не знаю... Я судил по расстроенному вашему виду.

— Я тотчас узнал от кухарки, что она сюда ходит; но вы не на то напали, то есть не к Софье Остафьевне... она с ней незнакома...

— Нет? ну, извините-с...

— Видно, что вам это всё неинтересно, молодой человек, — проговорил странный господин с горькой иронией.

— Послушайте, — сказал молодой человек, заминаясь, — я в сущности не знаю причины вашего состояния, но вам, верно, изменили, вы скажите прямо?

Молодой человек одобрительно улыбнулся.

— Мы по крайней мере поймем друг друга, — прибавил он, и всё тело его великодушно обнаружило желание сделать легкий полупоклон.

— Вы убили меня! но — откровенно признаюсь вам — именно так... но с кем не случается!.. До глубины тронут вашим участием. Согласитесь, между молодыми людьми... Я хоть не молод, но, знаете, привычка, холостая жизнь, между холостёжью, известно...

— Ну, уж известно, известно! Но чем же я могу вам помочь?

— А вот-с; согласитесь, что посещать Софью Остафьевну... Впрочем, я еще не знаю наверно, куда пошла эта дама; я знаю только, что она в этом доме; но, видя вас прогуливающимся, — а я сам прогуливался по той стороне, — думаю... я вот, видите ли, жду эту даму... я знаю, что она тут, — мне бы хотелось встретить ее и объяснить, как неприлично и гнусно... одним словом, вы меня понимаете...

— Гм! Ну!

— Я и не для себя это делаю; вы не подумайте — это чужая жена! Муж там стоит, на Вознесенском мосту; он хочет поймать, но он не решается — он еще не верит, как и всякий муж... (тут господин в енотах хотел улыбнуться), я — друг его;

согласитесь сами, я человек, пользующийся некоторым уважением, — я не могу быть тем, за кого вы меня принимаете.

— Конечно-с; ну-с, ну-с!..

— Так вот, я всё ее ловлю; мне поручено-с (несчастный муж!); но я знаю, это хитрая молодая дама (вечно Поль де Кок под подушкой); я уверен, что она прошмыгнет как-нибудь незаметно... Мне, признаюсь, кухарка сказала, что она ходит сюда; я как сумасшедший бросился, только что известие получил; я хочу поймать; я давно подозревал и потому хотел просить вас, вы здесь ходите... вы — вы — я не знаю...

— Ну, да, наконец, что ж вам угодно?

— Да-с... Не имею чести знать вас; не смею любопытствовать, кто и как... Во всяком случае, позвольте познакомиться; приятный случай!..

Дрожащий господин жарко потряс руку молодого человека.

— Это бы я должен был сделать в самом начале, — прибавил он, — но я забыл всё приличие!

Говоря, господин в енотах не мог постоять на месте, с беспокойством оглядывался по сторонам, семенил ногами и поминутно, как погибающий, хватался рукою за молодого человека.

— Видите ли-с, — продолжал он, — я хотел обратиться к вам по-дружески... извините за вольность... хотел испросить у вас, чтоб вы ходили — по той стороне и со стороны переулка, где черный выход, этак покоем описывая букву П то есть. Я тоже, с своей стороны, буду ходить с главного подъезда, так что мы не пропустим; а я всё боялся один пропустить; я не хочу пропустить. Вы, как увидите ее, то остановите и закричите мне... Но я сумасшедший! Только теперь вижу всю глупость и неприличие моего предложения!

— Нет, что ж! помилуйте!..

— Не извиняйте меня; я в расстройстве духа, я теряюсь, как никогда не терялся! Точно меня под суд отдали! Я даже признаюсь вам — я буду благороден и откровенен с вами, молодой человек: я даже вас принимал за любовника!

— То есть, попросту, вы хотите знать, что я здесь делаю?

— Благородный человек, милостивый государь, я далек от мысли, что вы он; я не замараю вас этою мыслию, но... но даете ли вы мне честное слово, что вы не любовник?..

— Ну, хорошо, извольте, честное слово, что любовник, но не вашей жены; иначе бы я не был на улице, а был бы теперь вместе с нею!

— Жены? кто вам сказал жены, молодой человек? Я холостой, я, то есть, сам любовник...

— Вы говорили, есть муж... на Вознесенском мосту...

— Конечно, конечно, я заговариваюсь; но есть другие узы! И согласитесь, молодой человек, некоторая легкость характеров, то есть...

— Ну, ну! Хорошо, хорошо!..

— То есть я вовсе не муж...

— Очень верю-с. Но откровенно говорю вам, что, разуверяя вас теперь, хочу сам себя успокоить и оттого собственно с вами и откровенен; вы меня расстроили и мешаете мне. Обещаю вам, что кликну вас. Но прошу вас покорнейше дать мне место и удалиться. Я сам тоже жду. I

— Извольте, извольте-с, я удаляюсь, я уважаю страстное нетерпение вашего сердца. Я понимаю это, молодой человек. О, как я вас теперь понимаю!

— Хорошо, хорошо...

— До свидания!.. Впрочем, извините, молодой человек, я опять к вам... Я не знаю, как сказать... Дайте мне еще раз честное и благородное слово, что вы не любовник!

— Ах, господи, бог мой!

— Еще вопрос, последний: вы знаете фамилию мужа вашей... то есть той, которая составляет ваш предмет?

— Разумеется, знаю; не ваша фамилия, и кончено дело!

— А почему ж вы знаете мою фамилию?

— Да послушайте, ступайте; вы теряете время: она уйдет тысячу раз... Ну, что же вы? Ну, ваша в лисьем салопе и в капоре, а моя в клетчатом плаще и в голубой бархатной шляпке... Ну, что ж вам еще? чего ж больше?

— В голубой бархатной шляпке! У ней есть и клетчатый

124

плащ и голубая шляпка, — закричал неотвязчивый человек, мигом возвратившись с дороги.

— Ах, черт возьми! Ну, да ведь это может случиться... Да, впрочем, что ж я! Моя же туда не ходит!

— А где она — ваша?

— Вам это хочется знать; что ж вам?

— Признаюсь, я всё про то...

— Фу, бог мой! Да вы без стыда без всякого! Ну, у моей здесь знакомые, в третьем этаже, на улицу. Ну, что ж вам, по именам людей называть, что ли?

— Бог мой! И у меня есть знакомые в третьем этаже, и окна на улицу. Генерал...

— Генерал?!

— Генерал. Я вам, пожалуй, скажу, какой генерал: ну, генерал Половицын.

— Вот тебе! на! Нет, это не те! (Ах, черт возьми! черт возьми!)

— Не те?

— Не те.

Оба молчали и в недоумении смотрели друг на друга.

— Ну, что ж вы так смотрите на меня? — вскрикнул молодой человек, с досадою отряхая с себя столбняк и раздумье.

Господин заметался.

— Я, я, признаюсь...

— Нет, уж позвольте, позвольте, теперь будемте говорить умнее. Общее дело. Объясните мне... Кто у вас там?..

— То есть знакомые?

— Да, знакомые...

— Вот видите, видите! Я по глазам вашим вижу, что я угадал!

— Черт возьми! да нет же, нет, черт возьми! слепы вы, что ли? ведь я перед вами стою, ведь я не с ней нахожусь; ну! ну же! Да, впрочем, мне всё равно; хоть говорите, хоть нет!

Молодой человек в бешенстве повернулся два раза на каблуке и махнул рукой.

— Да я ничего, помилуйте, как благородный человек, я вам

всё расскажу: сначала жена сюда ходила одна; она им родня; я и не подозревал; вчера встречаю его превосходительство: говорит, что уж три недели как переехал отсюда на другую квартиру, а же... то есть не жена, а чужая жена (на Вознесенском мосту), эта дама говорила, что еще третьего дня была у них, то есть на этой квартире... А кухарка-то мне рассказала, что квартиру его превосходительства снял молодой человек Бобыницын...

— Ах, черт возьми, черт возьми!..

— Милостивый государь, я в страхе, я в ужасе!

— Э, черт возьми! да мне-то какое дела до того, что вы в страхе и в ужасе? Ах! вон-вон мелькнуло, вон...

— Где? где? вы только крикните: Иван Андреич, а я побегу...

— Хорошо, хорошо. Ах, черт возьми, черт возьми! Иван Андреич!!

— Здесь, — закричал воротившийся Иван Андреич, совсем задыхаясь. — Ну, что? что? где?

— Нет, я только так... я хотел знать, как зовут эту даму?

— Глаф...

— Глафира?

— Нет, не совсем Глафира... извините, я вам не могу сказать ее имя. — Говоря это, почтенный человек был бледен как платок.

— Да, конечно, не Глафира, я сам знаю, что не Глафира, и та не Глафира; а впрочем, с кем же она?

— Где?

— Там! Ах, черт возьми, черт возьми! (Молодой человек не мог устоять на месте от бешенства.)

— А, видите! почему же вы знали, что ее зовут Глафирой?

— Ну, черт возьми, наконец! еще с вами возня! Да ведь вы говорите — вашу не Глафирой зовут!..

— Милостивый государь, какой тон!

— А, черт, не до тону! Что она, жена, что ли, ваша?

— Нет, то есть я не женат... Но не стал бы я сулить почтенному человеку в несчастии, — человеку — не скажу достойному всякого уважения, но по крайней мере

126

воспитанному человеку, — черта на каждом шагу. Вы всё говорите: черт возьми! черт возьми!

— Ну да, черт возьми! вот же вам, понимаете?

— Вы ослеплены гневом, и я молчу. Боже мой, кто это?

— Где?

Раздался шум и хохот; две смазливые девушки вышли с крыльца; оба бросились к ним.

— Ах какие! что вы?

— Куда вы суетесь?

— Не те!

— Что, не на тех напали! Извозчик!

— Куда вас, мамзель?

— К Покрову; садись, Аннушка, я довезу.

— Ну, а я с той стороны; пошел! Смотри же, шибче вези...

Извозчик уехал.

— Боже мой, боже! Но не пойти ли туда?

— Куда?

— Да к Бобыницыну.

— Нет-с, нельзя...

— Отчего?

— Я бы, конечно, пошел; но тогда она скажет другое; она... обернется: я ее знаю! Она скажет, что нарочно пришла, чтоб меня поймать с кем-нибудь, да беду на меня же и свалит!

— И знать, что, может быть, там она! Да вы — я не знаю, почему же — ну, да вы подите к генералу-то...

— Да ведь он переехал!

— Всё равно, понимаете? она же ведь пошла; ну, и вы тоже — поняли? Сделайте так, что как будто не знаете, что генерал переехал, приходите как будто к нему за женой, ну и так далее.

— А потом?

— Ну, а потом накрывайте кого следует у Бобыницына; фу, ты, черт, какой бестолк...

— Ну, а вам-то что до того, что я накрываю? Видите, видите!..

— Что, что, батенька? что? опять за то же, что прежде? Ах, ты, господи, господи! Срамитесь вы, смешной человек, бестолковый вы человек!

— Ну, да зачем же вы так интересуетесь? вы хотите узнать...

— Что узнать? что? Ну, да, черт возьми, не до вас теперь! Я и один пойду; ступайте, подите прочь; стерегите, бегайте там, ну!

— Милостивый государь, вы почти забываетесь! — закричал господин в енотах в отчаянии.

— Ну, что ж? ну, что ж, что я забываюсь? — проговорил молодой человек, стиснув зубы и в бешенстве приступая к господину в енотах, — ну, что ж? перед кем забываюсь?! — загремел он, сжимая кулаки.

— Но, милостивый государь, позвольте...

— Ну, кто вы, перед кем забываюсь; как ваша фамилия?

— Я не знаю, как это, молодой человек; зачем же фамилию?.. Я не могу объявить... Я лучше с вами пойду. Пойдемте, я не отстану, я на всё готов... Но, поверьте, я заслуживаю более вежливых выражений! Не нужно нигде терять присутствия духа, и если вы чем расстроены, —я догадываюсь чем, —то по крайней мере забываться не нужно... Вы еще очень, очень молодой человек!..

— Да что мне, что вы старый? Эка невидаль! ступайте прочь; чего вы тут бегаете?..

— Почему ж я старый? какой же я старый? Конечно, по званию, но я не бегаю...

— Это и видно. Да убирайтесь же прочь....

— Нет, уж я с вами; вы мне не можете запретить; я тоже замешан; я с вами...

— Ну, так тише же, тише, молчать!.. Оба они взошли на крыльцо и поднялись на лестницу, в третий этаж; было темнехонько.

— Стойте! Есть у вас спички?

— Спички? какие спички?

— Вы курите сигары?

— А, да! есть, есть; здесь они, здесь; вот, постойте... — Господин в енотах засуетился.

— Фу, какой бестолков... черт! кажется, эта дверь...

— Эта-эта-эта-эта-эта...

— Эта-эта-эта... что вы орете? тише!..

128

— Милостивый государь, я скрепя сердце... вы дерзкий человек, вот что!..

Вспыхнул огонь.

— Ну, так и есть, вот медная дощечка! вот Бобыницын; видите: Бобыницын?..

— Вижу, вижу!

— Ти...ше! Что, потухла?

— Потухла.

— Нужно постучаться?

— Да, нужно! — отозвался господин в енотах.

— Стучитесь!

— Нет, зачем же я? вы начните, вы постучите...

— Трус!

— Сами вы трус!

— Уб-бир-райтесь же!

— Я почти раскаиваюсь, что поверил вам тайну; вы...

— Я? Ну, что ж я?

— Вы воспользовались расстройством моим! вы видели, что я в расстроенном духе...

— А наплевать! мне смешно — вот и кончено!

— Зачем же вы здесь?

— А вы-то зачем?..

— Прекрасная нравственность! — заметил с негодованием господин в енотах... — Ну, что вы про нравственность? вы-то чего?

— А вот и безнравственно!

— Что?!!

— Да, по-вашему, каждый обиженный муж есть колпак!

— Да вы разве муж? Ведь муж-то на Вознесенском мосту? Что ж вам-то? Чего вы пристали?

— А вот мне кажется, что вы-то и есть любовник!..

— Послушайте, если вы будете так продолжать, то я должен буду признаться, что вы-то и есть колпак! то есть знаете кто?

— То есть вы хотите сказать, что я муж! — сказал господин в енотах, как будто кипятком обваренный, отступая назад.

— Тсс! молчать! слышите...

— Это она.

— Нет!

— Фу, как темно!

Всё затихло; в квартире Бобыницына послышался шум.

— За что нам ссориться, милостивый государь? — прошептал господин в енотах.

— Да вы же, черт возьми, сами обиделись!

— Но вы меня вывели из последних границ.

— Молчите!

— Согласитесь, что вы еще очень молодой человек...

— Мо-л-чите же!

— Конечно, я согласен с вашей идеей, что муж в таком положении — колпак.

— Да замолчите ли вы? о!..

— Но к чему же такое озлобленное преследование несчастного мужа?..

— Это она!

Но шум в это время умолк.

— Она?

— Она! она! она! Да вы-то, вы-то из чего хлопочете! ведь не ваша беда!

— Милостивый государь, милостивый государь! — бормотал господин в енотах, бледнея и всхлипывая. — Я, конечно, в расстройстве... вы достаточно видели мое унижение; но теперь ночь, конечно, но завтра... впрочем, мы, верно, не встретимся завтра, хотя я и не боюсь встретиться с вами, — и это, впрочем, не я, это мой приятель, который на Вознесенском мосту; право, он! Это его жена, это чужая жена! Несчастный человек! уверяю вас. Я с ним знаком хорошо; позвольте, я вам всё расскажу. Я с ним друг, как вы можете видеть, ибо не стал бы я так теперь из-за него сокрушаться, — сами видите; я же несколько раз ему говорил: зачем ты женишься, милый друг? звание есть у тебя, достаток есть у тебя, почтенный ты человек, что ж менять это всё на прихоть кокетства! Согласитесь! Нет, женюсь, говорит: семейное счастие... Вот и семейное счастие! Сначала сам мужей обманывал, а теперь и пьет чашу... вы извините меня, но это объяснение было вынуждено необходимостию!.. Он несчастный человек и пьет чашу — вот!.. — Тут господин в енотах так всхлипнул, как будто зарыдал не на шутку.

— А черт бы взял их всех! Мало ли дураков! Да вы кто такой?

Молодой человек скрежетал зубами от бешенства.

— Ну, уж после этого, согласитесь сами... я был с вами благороден и откровенен... этакой тон!

— Нет, позвольте, вы меня извините... как ваша фамилия?

— Нет, зачем же фамилия?

— А!!

— Мне нельзя сказать фамилию...

— Шабрина знаете? — быстро сказал молодой человек.

— Шабрин!!!

— Да, Шабрин! а!!! (Тут господин в бекеше несколько поддразнил господина в енотах.) Поняли дело?

— Нет-с, какой же Шабрин! — отвечал оторопевший господин в енотах, — совсем не Шабрин; он почтенный человек! Извиняю вашу невежливость мучениями ревности.

— Мошенник он, продажная душа, взяточник, плут, казну обворовал! Его скоро под суд отдадут!

— Извините, — говорил господин в енотах, бледнея, — вы его не знаете; совершенно, как я вижу, он вам неизвестен.

— Да, в лицо-то не знаю, а из других очень близких ему источников знаю.

— Милостивый государь, из каких источников? Я в расстройстве, вы видите...

— Дурак! ревнивец! за женой не усмотрит! Вот он какой, коль приятно вам знать!

— Извините, вы в ожесточенном заблуждении, молодой человек...

— Ах!

— Ах!

В квартире Бобыницына послышался шум. Стали отворять дверь. Послышались голоса.

— Ах, это не она, не она! Я узнаю ее голос; я теперь узнал

131

всё, это не она! — сказал господин в енотах, побледнев как платок.

— Молчать!

Молодой человек прислонился к стене.

— Милостивый государь, я бегу: это не она, я очень рад.

— Ну, ну! ступайте, ступайте!

— А чего ж вы стоите?

— А вы-то чего?

Дверь отворилась, и господин в енотах, не выдержав, стремглав покатился с лестницы.

Мимо молодого человека прошли мужчина и женщина, и сердце его замерло... Послышался знакомый женский голос, и потом сиплый мужской, но совсем незнакомый.

— Ничего, я прикажу сани подать, — говорил сиплый голос.

— Ах! ну, ну, согласна; ну, прикажите...

— Они там, сейчас. Дама осталась одна.

— Глафира! где твои клятвы? — вскричал молодой человек в бекеше, хватая за руку даму.

— Ай, кто это? Это вы, Творогов? Боже мой! что вы делаете?

— С кем вы здесь были?

— Но это мой муж, уйдите, уйдите, он сейчас выйдет оттуда... от Половицыных; уйдите, ради бога, уйдите.

— Половицыны три недели как переехали! Я всё знаю!

— Ай! — Дама бросилась на крыльцо. Молодой человек догнал ее.

— Кто вам сказал? — спросила дама.

— Муж ваш, сударыня, Иван Андреич; он здесь, он перед вами, сударыня...

Иван Андреич действительно стоял у крыльца.

— Ай, это вы? — закричал господин в енотовой шубе.

— A! c'est vous?[7] — закричала Глафира Петровна, с неподдельною радостью бросаясь к нему, — боже! что со мной было! Я была у Половицыных; можешь себе представить... ты

_____

[7] это вы? (франц.).

знаешь, что они теперь у Измайловского моста; я говорила тебе, помнишь? Я взяла сани оттудова. Лошади взбесились, понесли, разбили сани, и я упала отсюда во ста шагах; кучера взяли; я была вне себя. К счастию, monsieur[8] Творогов...

— Как?

M-r Творогов походил более на окаменелость, чем на m-r Творогова.

— Monsieur Творогов увидал меня здесь и взялся проводить; но теперь ты здесь, и я могу вам только изъявить мою жаркую благодарность, Иван Ильич...

Дама подала руку остолбенелому Ивану Ильичу и почти ущипнула, а не сжала ее.

— Monsieur Творогов! мой знакомый; на бале у Скорлуповых имели удовольствие видеться: я, кажется, говорила тебе? Неужели ты не помнишь, Коко?

— Ах, конечно, конечно! ах, помню! — заговорил господин в енотовой шубе, которого называли Коко. — Очень приятно, очень приятно.

И он жарко пожал руку господину Творогову.

— Это с кем? Что же это значит? Я жду... — раздался сиплый голос.

Перед группой стоял господин бесконечного роста; он вынул лорнет и внимательно посмотрел на господина в енотовой шубе.

— Ах, monsieur Бобыницын! — защебетала дама. — Откудова? вот встреча! Представьте, меня тотчас разбили лошади... но вот мой муж! Jean![9] Monsieur Бобыницын, на бале у Карповых...

— Ах, очень, очень, очень приятно!.. Но я сейчас возьму карету, мой друг.

— Возьми, Jean, возьми: я вся в испуге; я дрожу; со мной даже дурно... Сегодня в маскараде, — шепнула она Творогову...

— Прощайте, прощайте, господин Бобыницын! мы, верно, встретимся завтра на бале у Карповых...

---

[8] господин (франц.).

[9] Жан (франц.).

— Нет, извините, я завтра не буду; я уж завтра того, коль теперь не так... — Господин Бобыницын проворчал что-то еще сквозь зубы, шаркнул сапожищем, сел в свои сани и уехал.

Подъехала карета; дама села в нее. Господин в енотовой шубе остановился; казалось, он не в силах был сделать движения и бессмысленно смотрел на господина в бекеше. Господин в бекеше улыбался довольно неостроумно.

— Я не знаю...

— Извините, очень рад быть знакомым, — отвечал молодой человек, кланяясь с любопытством и немного сробев.

— Очень, очень рад...

— У вас, кажется, свалилась калоша...

— У меня? Ах да! благодарю, благодарю; хочу всё завести резинные...

— В резинных нога как будто потеет-с, — сказал молодой человек, по-видимому с безграничным участием.

— Jean! да скоро ли ты?

— Именно потеет. Сейчас, сейчас, душенька, вот разговор интересный! Именно, как вы изволили заметить, потеет нога... Впрочем, извините, я...

— Помилуйте-с.

— Очень, очень, очень рад познакомиться... Господин в енотах сел в карету; карета тронулась; молодой человек всё еще стоял на месте, в изумлении провожая ее глазами.

II

На другой же вечер шло какое-то представление в Итальянской опере. Иван Андреевич ворвался в залу как бомба. Еще никогда не замечали в нем такого furore,[10] такой страсти к музыке. По крайней мере положительно знали, что Иван Андреевич чрезвычайно любил всхрапнуть часок-другой в Итальянской опере; даже отзывался несколько раз, что оно и

---

[10] неистовство (итал.).

приятно, и сладко. "Да и примадонна-то тебе, — говаривал он друзьям, — мяукает, словно беленькая кошечка, колыбельную песенку". Но он это уже давно что-то говаривал, еще в прошлый сезон; а теперь, увы! Иван Андреевич и дома не спит по ночам. Однако ж он все-таки ворвался как бомба в залу, набитую битком. Даже капельдинер взглянул на него как-то подозрительно и тут же накосился глазом на его боковой карман, в полной надежде увидеть ручку припрятанного на всякий случай кинжала. Нужно заметить, что в то время процветали две партии и каждая стояла за свою примадонну. Одни назывались *** зисты, другие *** нисты. Обе партии до того любили музыку, что капельдинеры наконец решительно стали опасаться какого-нибудь очень решительного проявления любви ко всему прекрасному и высокому, совмещавшемуся в двух примадоннах. Вот почему, смотря на такой юношеский порыв в залу театра даже седовласого старца, хотя, впрочем, не совсем седовласого, а так, около пятидесяти лет, плешивенького, и вообще человека с виду солидного свойства, капельдинер невольно вспомнил высокие слова Гамлета, датского принца:

Когда уж старость падает так страшно,
Что ж юность?
и т. д.

и, как было сказано выше, накосился на боковой карман фрака, в надежде увидеть кинжал. Но там был только один бумажник, и более ничего.

Влетев в театр Иван Андреевич мигом облетел взглядом все ложи второго яруса, и-о ужас! сердце его замерло: она была здесь! она сидела в ложе! Тут был и генерал Половицын с супругою и свояченицею; тут был и адъютант генерала — чрезвычайно ловкий молодой человек; тут был еще один статский... Иван Андреевич напряг всё внимание, всю остроту зрения, но — о, ужас! статский человек предательски спрятался за адъютанта и остался во мраке неизвестности.

Она была здесь, а между тем сказала, что будет вовсе не здесь!

Вот эта-то двойственность, проявлявшаяся с некоторого времени на каждом шагу Глафиры Петровны, и убивала Ивана Андреевича. Вот этот-то статский юноша и поверг его наконец в совершенное отчаяние. Он опустился в кресла совсем пораженный. Отчего бы, кажется? Случай очень простой...

Нужно заметить, что кресла Ивана Андреевича приходились именно возле бенуара, и вдобавок предательская ложа второго яруса приходилась прямо над его креслами, так что он, к величайшей своей неприятности, решительно ничего не мог заметить, что делалось над его головою. Зато он злился и горячился, как самовар. Весь первый акт прошел для него незаметно, то есть он не слыхал ни одной ноты. Говорят, что музыка тем и хороша, что можно настроить музыкальные впечатления под лад всякого ощущения. Радующийся человек найдет в звуках радость, печальный — печаль; в ушах Ивана Андреевича завывала целая буря. К довершению досады, сзади, спереди, сбоку кричали такие страшные голоса, что у Ивана Андреевича разрывалось сердце. Наконец акт кончился. Но в ту минуту, как падал занавес, с нашим героем случилось такое приключение, которое никакое перо не опишет.

Случается, что иногда с верхних ярусов лож слетает афишка. Когда пьеса скучна и зрители зевают, для них это целое приключение. Особенно с участием смотрят они на полет этой чрезвычайно мягкой бумаги с самого верхнего яруса и находят приятность следить за ее путешествием зигзагами до самых кресел, где она непременно уляжется на чью-нибудь вовсе не. приготовленную к этому случаю голову. Действительно, очень любопытно смотреть, как эта голова сконфузится (потому что она непременно сконфузится). Мне всегда тоже бывает страшно за дамские бинокли, которые лежат зачастую на бордюрах лож: мне всё так и кажется, что они вот тотчас слетят на чью-нибудь не приготовленную к этому случаю голову. Но я вижу, что некстати сделал такое трагическое примечание, и потому отсылаю его к фельетонам тех газет, которые предохраняют от обманов, от недобросовестности, от тараканов, если они у вас есть в доме, рекомендуя известного господина Принчипе, страшного врага и противника всех тараканов на свете, не только русских, но даже и иностранных, как-то пруссаков и проч.

Но с Иваном Андреевичем случилось приключение, до сих пор еще нигде не описанное. К нему слетела на голову, — как уже сказано, довольно плешивую, — не афишка. Признаюсь, я даже совещусь сказать, что к нему слетело на голову, потому что действительно как-то совестно объявить, что на почтенную и обнаженную, то есть отчасти лишенную волос, голову ревнивого, раздраженного Ивана Андреевича слетел такой безнравственный предмет, как например любовная раздушенная записочка. По крайней мере бедный Иван Андреевич, совершенно не приготовленный к этому непредвиденному и безобразному случаю, вздрогнул так, как будто поймал на своей голове мышь или другого какого-нибудь дикого зверя.

Что записка была любовного содержания, в этом ошибаться было нельзя. Она была писана на раздушенной бумажке, совершенно так, как пишутся записки в романах, и сложена в предательски малую форму, так что ее можно было скрыть под дамской перчаткой. Упала же она, вероятно, по случаю, во время самой передачи: как-нибудь спрашивали, например, афишку, и уж записочка проворно была ввернута в эту афишку, уже передавалась в известные руки, но один миг, может быть, нечаянный толчок адъютанта, чрезвычайно ловко извинившегося в своей неловкости, — и записочка выскользнула из маленькой дрожавшей от смущения ручки, а статский юноша, уже протягивавший свою нетерпеливую руку, вдруг получает, вместо записки, одну афишку, с которой решительно не знает, что делать. Неприятный, странный случай! совершенная правда; но, согласитесь сами, Ивану Андреевичу было еще неприятнее.

— Prédistiné,[11] — прошептал он, обливаясь холодным потом и сжимая записочку в руках, — prédistiné! Пуля найдет

---

[11] Предопределено (франц.).

виноватого! — промелькнуло в его голове. — Нет, не то! Чем же я виноват? А вот там есть другая пословица: на бедного Макара и так далее.

Но мало ли что начнет перезванивать в голове, оглушенной таким внезапным происшествием! Иван Андреевич сидел на стуле окостенев, как говорится, ни жив ни мертв. Он уверен был, что его приключение замечено со всех сторон, несмотря на то что во всей зале, в это самое время, началась суматоха и вызов певицы. Он сидел так сконфузившись, так покраснев и не смея поднять глаз, как будто с ним случилась какая-нибудь неожиданная неприятность, какой-нибудь диссонанс в прекрасном многолюдном обществе. Наконец он решился поднять глаза.

— Приятно пели-с! — заметил он одному франту, сидевшему по левую его сторону.

Франт, который был в последней степени энтузиазма и хлопал руками, но преимущественно выезжал на ногах, бегло и рассеянно взглянул на Ивана Андреевича и тотчас же, сделав руками щиток над своим ртом, чтоб было слышнее, крикнул имя певицы. Иван Андреевич, который еще никогда не слыхал подобной глотки, был в восторге. "Ничего не заметил!" — подумал он и обратился назад. Но толстый господин, сидевший сзади его, теперь в свою очередь стал к нему задом и лорнировал ложи. "Тоже хорошо!" — подумал Иван Андреевич. Впереди, разумеется, ничего не видали. Он робко и с радостной надеждой покосился на бенуар, возле которого были его кресла, и вздрогнул от самого неприятного чувства. Там сидела прекрасная дама, которая, закрыв рот платком и упав на спинку кресел, хохотала как исступленная.

— Ох уж эти мне женщины! — прошептал Иван Андреевич и пустился по ногам зрителей к выходу.

Теперь я предлагаю решить самим читателям, я прошу их самих рассудить меня с Иваном Андреевичем. Неужели прав был он в эту минуту? Большой театр, как известно заключает в себе четыре яруса лож и пятый ярус — галерею. Почему же непременно предположить, что записка упала именно из одной ложи, именно из этой самой, а не другой какой-нибудь,

— например хоть из пятого яруса, где тоже бывают дамы? Но страсть исключительна, а ревность — самая исключительная страсть в мире.

Иван Андреевич бросился в фойе, стал у лампы, сломал печать и прочел:

"Сегодня, сейчас после спектакля, в Г — вой, на углу ***ского переулка, в доме К***, в третьем этаже, направо от лестницы. Вход с подъезда. Будь там, sans faute,[12] ради бога".

Руки Иван Андреевич не узнал, но сомнения нет: назначалось свидание. "Поймать, изловить и пресечь зло в самом начале" — была первая идея Ивана Андреевича. Ему было пришло в голову изобличить теперь же, тут же на месте; но как это сделать? Иван Андреевич взбежал даже во второй ярус, но благоразумно воротился. Решительно, он не знал: куда бежать. От нечего делать он забежал с другой стороны и посмотрел чрез открытую дверь чужой ложи на противоположную сторону. Так, так! во всех пяти ярусах по вертикальному направлению сидели молодые дамы и молодые люди. Записка могла упасть из всех пяти ярусов разом, потому что Иван Андреевич подозревал решительно все ярусы в заговоре против него. Но его ничто не исправило, никакие видимости. Весь второй акт он бегал по всем коридорам и нигде не находил спокойствия духа. Он было сунулся в кассу театра, в надежде узнать от кассира имена особ, взявших ложи во всех четырех ярусах, но касса уже была заперта. Наконец раздались неистовые восклицания и аплодисменты. Представление кончилось. Начинались вызовы, и особенно гремели с самого верха два голоса — предводители обеих партий. Но не до них было дело Ивану Андреевичу. У него уже мелькнула мысль дальнейшего его поведения. Он надел бекешь и пустился в Г — вую, чтоб там застать, накрыть, изобличить и вообще поступить немного энергичнее, чем вчерашний день. Он скоро нашел дом и уже ступил на подъезд, как вдруг, словно под руками у него, прошмыгнула фигура франта в пальто, обогнала его и пустилась по лестнице в третий этаж. Ивану

---

[12] непременно (франц.).

Андреевичу показалось, что это тот самый франт, хотя он не мог различить и тогда лицо этого франта. Сердце в нем замерло. Франт обогнал его уже двумя лестницами. Наконец он услышал, как отворилась дверь в третьем этаже, и отворилась без звонка, как будто ждали пришедшего. Молодой человек промелькнул в квартиру. Иван Андреевич достиг третьего этажа, когда не успели еще затворить эту дверь. Он хотел было постоять перед дверью, благоразумно пообдумать свой шаг, поробеть немного и потом уже решиться на что-нибудь очень решительное; но в эту самую минуту загремела карета у подъезда, с шумом отворились двери и чьи-то тяжелые шаги начали с кряхтом и кашлем свое восшествие в верхний этаж. Иван Андреевич не устоял, отворил дверь и очутился в квартире со всею торжественностью оскорбленного мужа. Навстречу к нему бросилась горничная, вся в волнении, потом явился человек; но остановить Ивана Андреевича не было никакой возможности. Как бомба влетел он в покои и, пройдя две темные комнаты, вдруг очутился в спальне перед молодой, прекрасной дамой, которая вся трепетала от страха и смотрела на него с решительным ужасом, как будто не понимая, что вокруг нее делается. В эту минуту послышались тяжелые шаги в соседней комнате, которые прямо шли в спальню: это были те самые шаги, которые всходили на лестницу.

— Боже! это мой муж! — вскрикнула дама, всплеснув руками и побледнев белее своего пеньюара.

Иван Андреевич почувствовал, что он не туда попал, что сделал глупую, детскую выходку, что не обдумал хорошо своего шага, что не поробел достаточно на лестнице. Но делать было нечего. Уже отворилась дверь, уже тяжелый муж, если только судить по его тяжелым шагам, входил в комнату... Не знаю, за кого принял себя Иван Андреевич в эту минуту! не знаю, что ему помешало прямо стать навстречу мужа, объявить, что попался впросак, сознаться, что бессознательно поступил неприличнейшим образом, попросить извинения и скрыться, — конечно, не с большою честью, конечно, не со славою, но по крайней мере уйти благородным, откровенным образом. Но нет, Иван Андреевич опять поступил как мальчик, как будто бы

140

считал себя Дон-Жуаном или Ловеласом! Он сначала прикрылся занавесками у кровати, а потом, когда почувствовал себя в полном упадке духа, припал на землю и. бессмысленно полез под кровать. Испуг подействовал на него сильнее благоразумия, и Иван Андреевич, сам оскорбленный муж, или по крайней мере считавший себя таким, не вынес встречи с другим мужем — может быть, боясь оскорбить его своим присутствием. Так или не так, но он очутился под кроватью, решительно не понимая, как это сделалось. Но, что всего было удивительнее, дама не оказала никакой оппозиции. Она не закричала, видя, как чрезвычайно странный пожилой господин ищет убежища в ее спальне. Решительно, она была так испугана, что, по всей вероятности, у нее отнялся язык.

Муж вошел, охая и кряхтя, поздоровался с женой нараспев, самым старческим образом, и свалился на кресла так, как будто только что принес бремя дров. Раздался глухой и продолжительный кашель. Иван Андреевич, превратившийся из разъяренного тигра в ягненка, оробев и присмирев, как мышонок перед котом, едва смел дышать от испуга, хотя и мог бы знать, по собственному опыту, что не все оскорбленные мужья кусаются. Но это не пришло ему в голову или от недостатка соображения, или от другого какого-нибудь припадка. Осторожно, тихонько, ощупью начал он оправляться под кроватью, чтоб как-нибудь улечься удобнее. Каково же было его изумление, когда он ощупал рукою предмет, который, к его величайшему изумлению, пошевелился и в свою очередь схватил его за руку! Под кроватью был другой человек...

— Кто это? — шепнул Иван Андреевич.

— Ну, так я вам и сказал сейчас, кто я такой! — прошептал странный незнакомец. — Лежите и молчите, коли попались впросак!

— Однако же...

— Молчать!

И посторонний человек (потому что под кроватью довольно было и одного), посторонний человек стиснул в своем кулаке руку Ивана Андреевича так, что тот едва не вскрикнул от боли.

— Милостивый государь...

— Тсс!

— Так не жмите же меня, или я закричу.

— Ну-ка, закричите! попробуйте!

Иван Андреевич покраснел от стыда. Незнакомец был суров и сердит. Может быть, это был человек, испытавший не раз гонения судьбы и не раз находившийся в стесненном положении; но Иван Андреевич был новичок и задыхался от тесноты. Кровь била ему в голову. Однако ж нечего было делать: нужно было лежать ничком. Иван Андреевич покорился и замолчал.

— Я, душенька, был, — начал муж, — я, душенька, был у Павла Иваныча. Сели мы играть в преферанс, да так, кхи-кхи-кхи! (он закашлялся) так... кхи! так спина... кхи! ну ее!.. кхи! кхи! кхи!

И старичок погрузился в свой кашель.

— Спина... —проговорил он наконец со слезами на глазах, — спина разболелась... геморрой проклятый! Ни стать, ни сесть... ни сесть! Акхи-кхи-кхи!..

И казалось, что вновь начавшемуся кашлю суждено было прожить гораздо долее, чем старичку, обладателю этого кашля. Старичок что-то ворчал языком в промежутках, но решительно ничего нельзя было разобрать.

— Милостивый государь, ради бога, подвиньтесь!— прошептал несчастный Иван Андреевич.

— Куда прикажете? места нет.

— Однако же, согласитесь сами, мне невозможно таким образом. Я еще в первый раз нахожусь в таком скверном положении.

— А я в таком неприятном соседстве.

— Однако же, молодой человек...

— Молчать!

— Молчать? Однако вы поступаете чрезвычайно неучтиво, молодой человек... Если не ошибаюсь, вы еще очень молодой; я постарше вас.

— Молчать!

— Милостивый государь! вы забываетесь; вы не знаете, с кем говорите!

— С господином, который лежит под кроватью...

— Но меня привлек сюда сюрприз... ошибка, а вас, если не ошибаюсь, безнравственность.

— Вот в этом-то вы и ошибаетесь.

— Милостивый государь! я постарше вас, я вам говорю...

— Милостивый государь! знайте, что мы здесь на одной доске. Прошу вас, не хватайте меня за лицо!

— Милостивый государь! я ничего не разберу. Извините меня, но нет места.

— Зачем же вы такой толстый?

— Боже! я никогда не был в таком унизительном положении!

— Да, ниже лежать нельзя.

— Милостивый государь, милостивый государь! я не знаю, кто вы такой, я не понимаю, как это случилось; но я здесь по ошибке; я не то, что вы думаете...

— Я бы ровно ничего не думал об вас, если б вы не толкались. Да молчите же!

— Милостивый государь! если вы не подвинетесь, со мной будет удар. Вы будете отвечать за смерть мою. Уверяю вас... я почтенный человек, я отец семейства. Не могу же я быть в таком положении!..

— Сами же вы сунулись в такое положение. Ну, подвигайтесь же! вот вам место; больше нельзя!

— Благородный молодой человек! милостивый государь! я вижу, что я в вас ошибался, — сказал Иван Андреевич, в восторге благодарности за уступленное место и расправляя затекшие члены, — я понимаю стесненное положение ваше, но что же делать? вижу, что вы дурно обо мне думаете. Позвольте мне поднять в вашем мнении мою репутацию, позвольте мне сказать, кто я такой, я пришел сюда против себя, уверяю вас; я не за тем, за чем вы думаете... Я в ужаснейшем страхе.

— Да замолчите ли вы? понимаете ли, что, если услышат нас, будет худо? Тсс.. Он говорит. — Действительно, кашель старика, по-видимому, начинал проходить.

143

— Так вот, душенька, — хрипел он на самый плачевный напев, —так вот, душенька, кхи!.. кхи! ах, несчастье! Федосей-то Иванович и говорит: вы бы, говорит, тысячелиственник пить попробовали; слышишь, душенька?

— Слышу, мой друг.

— Ну, так и говорит: вы бы, говорит, попробовали тысячелиственник пить. Я и говорю: я пиявки припускал. А он мне: нет, Александр Демьянович, тысячелиственник лучше: он открывает, я вам скажу... кхи! кхи! ох, боже мой! Как же ты думаешь, душенька? кхи-кхи! ах, создатель мой! кхи-кхи!.. Так лучше тысячелиственник, что ли?.. кхи-кхи-кхи! ах! кхи — и т. д.

— Я думаю, что попробовать этого средства не худо, — отвечала супруга.

— Да, не худо! У вас, говорит, пожалуй, чахотка, кхи-кхи! А я говорю: подагра да раздражение в желудке; кхи-кхи! А он мне: может быть, и чахотка. Как ты, кхи-кхи! как ты думаешь, душенька: чахотка?

— Ах, боже мой, что это вы говорите такое?

— Да, чахотка! А ты бы, душенька, раздевалась теперь да спать ложилась, кхи! кхи! А у меня, кхи! сегодня насморк.

— Уф! — сделал Иван Андреевич, — ради бога, подвиньтесь!

— Решительно, я вам удивляюсь, что с вами делается, ну, не можете вы спокойно лежать...

— Вы ожесточены против меня, молодой человек; хотите меня уязвить. Я это вижу. Вы, вероятно, любовник этой дамы?

— Молчать!

— Не буду молчать! не дам вам командовать! А, вы, верно, любовник? Если нас откроют, я ни в чем не виноват, я ничего не знаю.

— Если вы не замолчите, — сказал молодой человек, скрежеща зубами, — я скажу, что вы завлекли меня; я скажу, что вы мой дядя, который промотал свое состояние. Тогда по крайней мере не подумают, что я любовник этой дамы.

— Милостивый государь! вы издеваетесь надо мной. Вы истощаете терпение мое.

— Тсс! или я вас заставлю молчать! Вы несчастье мое! Ну,

144

скажите, на что вы здесь? Без вас я бы пролежал как-нибудь до утра, а там бы и вышел.

— Но я здесь не могу же лежать до утра; я человек благоразумный; у меня, конечно, связи... Как вы думаете, неужели он будет здесь ночевать?

— Кто?

— Да этот старик...

— Разумеется, будет. Не все ж такие мужья, как вы. Ночуют и дома.

— Милостивый государь, милостивый государь! — закричал Иван Андреевич, похолодев от испуга. — Будьте уверены, что и я тоже дома, а теперь в первый раз; но, боже мой, я вижу, что вы меня знаете. Кто вы такой, молодой человек? скажите мне тотчас же, умоляю вас из бескорыстной дружбы, кто вы таков?

— Послушайте! я употреблю насилие...

— Но позвольте, позвольте вам рассказать, милостивый государь, позвольте вам объяснить всё это скверно дело...

— Никаких объяснений не слушаю, ничего знать не хочу. Молчите, или...

— Но я не могу же...

Под кроватью последовала легкая борьба, и Иван Андреевич умолк.

— Душенька! что-то здесь как будто коты шепчутся?

— Какие коты? Чего вы не выдумаете? Очевидно, что супруга не знала, о чем разговаривать с своим мужем. Она была так поражена, что еще не могла опомниться. Теперь же она вздрогнула и подняла ушки.

— Какие коты?

— Коты, душенька. Я намедни прихожу, сидит Васька у меня в кабинете, шю-шю-шю! и шепчет. Я ему: что ты, Васенька? а он опять: шю-шю-шю! И так как будто всё шепчет. Я и думаю: ах, отцы мои! уж не о смерти ли он мне нашептывает?

— Какие глупости вы говорите сегодня! Стыдитесь, пожалуйста.

— Ну, ничего; не сердись, душенька; я вижу, тебе

неприятно, что я умру, не сердись; я только так говорю А ты бы, душенька, стала раздеваться и спать легла, а я бы здесь посидел, пока ты ложиться будешь.

— Ради бога, полноте; после...

— Ну, не сердись, не сердись! Только, право, здесь как будто мыши.

— Ну вот, то коты, то мыши! Право, я не знаю, что с вами делается.

— Ну, я ничего, я ни... кхи! я ничего, кхи-кхи-кхи-кхи! ах, боже ты мой! кхи!

— Слышите, вы так возитесь, что и он услыхал, — прошептал молодой человек.

— Но если б вы знали, что со мной делается. У мед носом кровь идет.

— Пусть идет, молчите; подождите, когда он уйдет.

— Молодой человек, но вникните в мое положение; ведь я не знаю, с кем я лежу.

— Да легче вам от этого будет, что ли? Ведь я не интересуюсь знать вашу фамилию. Ну, как ваша фамилия?

— Нет, зачем же фамилию... Я только интересуюсь объяснить, каким бессмысленным образом...

— Тсс... он опять говорит.

— Право, душенька, шепчутся.

— Да нет же; это у тебя вата в ушах дурно лежит.

— Ах, по поводу ваты. Знаешь ли, тут, наверху... кхи-кхи! наверху, кхи-кхи-кхи! — и т. д.

— Наверху! — прошептал молодой человек. — Ах, черт! А я думал, что это последний этаж; да разве это второй?

— Молодой человек, — прошептал, встрепенувшись, Иван Андреевич, — что вы говорите? ради бога, почему это вас интересует? И я думал, что это последний этаж. Ради бога, разве здесь еще этаж?..

— Право, кто-то ворочается, — сказал старик, переставший наконец кашлять...

— Тсс! слышите! — прошептал молодой человек, сдавив обе руки Ивана Андреевича.

— Милостивый государь, вы держите мои руки в насилии. Пустите меня.

— Тсс...

Последовала легкая борьба, и потом опять наступило молчание.

— Так вот я и встречаю хорошенькую... — начал старик.

— Как, хорошенькую? — перебила жена.

— Да ведь вот... говорил прежде я, что встретил хорошенькую даму на лестнице, или я пропустил? У меня ведь память слаба. Это зверобой... кхи!

— Что?

— Зверобой пить надо: говорят, лучше будет... кхи-кхи-кхи! лучше будет!

— Это вы его перебили, —проговорил молодой человек, опять заскрежетав зубами.

— Ты говорил, что встретил сегодня хорошенькую какую-то? — спросила жена.

— А?

— Хорошенькую встретил?

— Кто такой?

— Да ты?

— Я-то? Когда? Да, бишь!..

— Наконец-то? экая мумия! Ну, — прошептал молодой человек, мысленно погоняя забывчивого старичка.

— Милостивый государь! я трепещу от ужаса. Боже мой! что я слышу? Это как вчера; решительно как вчера!..

— Тсс.

— Да, да, да! вспомнил: преплутовочка! Глазенки такие... в голубой шляпке...

— В голубой шляпке! Ай, ай!

— Это она! У ней есть голубая шляпка. Боже мой! — закричал Иван Андреич...

— Она? кто она? — прошептал молодой человек, стиснув руки Ивана Андреевича.

— Тсс! — сделал в свою очередь Иван Андреевич. — Он говорит.

— Ах, боже мой! боже мой!

— Ну, да, впрочем, у кого ж нет голубой шляпки... ну!

— И такая плутовка! — продолжал старик. — Она тут к каким-то знакомым приходит. Всё глазки делает. А к тем знакомым тоже ходят знакомые...

— Фу! как это скучно, — перебила дама, — помилуй, чем ты интересуешься?

— Ну, хорошо, ну, ну! не сердись! — возразил старичок нараспев. — Ну, я не буду говорить, коль ты не желаешь. Ты что-то не в духе сегодня...

— Да вы как же сюда попали? — заговорил молодой человек...

— А, видите, видите! вот вы теперь интересуетесь, а прежде не хотели и слушать!

— Ну, да ведь мне всё равно! не говорите, пожалуйста! Ах, черт возьми, какая история!

— Молодой человек, не сердитесь; я не знаю, что говорю; это я так; я только хотел сказать, что тут, верно, что-нибудь недаром, что вы принимаете участие... Но кто вы, молодой человек? Я вижу, вы незнакомец; но кто же вы, незнакомец? Боже, я не знаю, что говорю!

— Э! подите, пожалуйста! — прервал молодой человек, как будто что-то обдумывая.

— Но я вам всё расскажу, всё. Вы, может быть, думаете, что я не расскажу, что я зол на вас, нет! вот рука моя! Я только в упадке духа, больше ничего. Но, ради бога, скажите мне всё сначала: как вы здесь сами? по какому случаю? Что же касается до меня, то я не сержусь, ей-богу, не сержусь, вот вам рука моя. Здесь только пыльно; я немного запачкал ее; но это ничего для высокого чувства.

— Э, подите с вашей рукой! тут повернуться негде, а он с рукой лезет!

— Но, милостивый государь! вы со мной обходитесь, как будто, с позволения сказать, со старой подошвой, — проговорил Иван Андреевич в припадке самого кроткого отчаяния, голосом, в котором было слышно моленье. — Обходитесь со мной учтивее, хоть немножко учтивее, и я вам всё расскажу! Мы бы полюбили друг друга; я даже готов пригласить вас к себе на обед. А этак нам вместе лежать нельзя, откровенно скажу. Вы заблуждаетесь, молодой человек! Вы не знаете...

— Когда же это он ее встретил? — бормотал молодой человек, очевидно в крайнем волнении. — Она, может быть, теперь меня ждет... Я, решительно, выйду отсюда!

— Она? кто она? боже мой! про кого вы говорите, молодой человек? Вы думаете, что там, наверху... Боже мой! Боже мой! За что я так наказан?

Иван Андреевич попробовал повернуться на спину в знак отчаянья.

— А вам на что знать, кто она? А, черт! Была не была, я вылезаю!..

— Милостивый государь! что вы? а я-то, я-то как буду? — прошептал Иван Андреевич, в припадке отчаяния уцепившись за фалды фрака своего соседа.

— А мне-то что? Ну, и оставайтесь одни. А не хотите, так я, пожалуй, скажу, что вы мой дядя, который промотал свое состояние, чтоб не подумал старик, что я любовник жены его.

— Но, молодой человек, это невозможно; это ненатурально, коли дядя. Никто не поверит вам. Этому вот такой маленький ребенок не поверит, — шептал в отчаянии Иван Андреевич.

— Ну, так не болтайте же, а лежите себе смирно, пластом! Пожалуй, ночуйте здесь, а завтра как-нибудь вылезете; вас никто не заметит; уж коли один вылез, так, верно, не подумают, что еще остался другой. Еще бы сидела целая дюжина! Впрочем, вы и один стоите дюжины. Подвигайтесь, или я выйду!

— Вы язвите меня, молодой человек... А что если я закашляюсь? Нужно всё предвидеть!

— Тсс!..

— Что это? как будто наверху я опять слышу возню, — проговорил старичок, который тем временем, кажется, успел задремать.

— Наверху?

— Слышите, молодой человек, наверху!

149

— Ну, слышу!

— Боже мой! молодой человек, я выйду.

— А я так не выйду! Мне всё равно! Уж если расстроилось, так всё равно! А знаете ли, что я подозреваю? Я подозреваю, что вы-то и есть какой-нибудь обманутый муж — вот что!..

— Боже, какой цинизм!.. Неужели вы это подозреваете? Но почему же именно муж... я не женат.

— Как не женат? Дудки!

— Я, может быть, сам любовник!

— Хорош любовник!

— Милостивый государь, милостивый государь! Ну, хорошо, я всё вам расскажу. Вонмите моему отчаянью. Это не я, я не женат. Я тоже холостой, как и вы. Это друг мой, товарищ детства... а я любовник... Говорит мне: "Я несчастный человек, я, говорит, пью чашу, я подозреваю жену свою". — "Но, говорю я ему благоразумно, за что же ты ее подозреваешь?.." Но вы не слушаете меня. Слушайте, слушайте! "Ревность смешна, говорю, ревность порок!.." — "Нет, говорит, я несчастный человек! Я, того... чашу, то есть я подозреваю". — "Ты, говорю, мой друг, ты товарищ моего нежного детства. Мы вместе срывали цветы удовольствия, тонули на пуховиках наслаждения". Боже, я не знаю, что говорю. Вы всё смеетесь, молодой человек. Вы сделаете меня сумасшедшим.

— Да вы и теперь сумасшедший!..

— Так, так, я и предчувствовал, что вы это скажете... когда говорил про сумасшедшего. Смейтесь, смейтесь, молодой человек! Так же и я процветал в свое время, так же и я соблазнял. Ах! у меня сделается воспаление в мозгу!

— Что это, душенька, как будто у нас кто-то чихает? — пропел старичок. — Это ты, душка, чихнула?

— О, боже мой! — проговорила супруга.

— Тсс! — раздалось под кроватью.

— Это наверху, верно, стучат, — заметила жена, испугавшись, потому что под кроватью действительно становилось шумно.

— Да, наверху! — проговорил муж. — Наверху! Говорил я тебе, что я франтика — кхи-кхи! франтика с усиками — кхи-

кхи! ох, бог мой, — спина!.. франтика сейчас встретил с усиками!

— С усиками! боже мой, это, верно, вы, — прошептал Иван Андреевич.

— Создатель мой, какой человек! Да ведь я здесь, здесь вместе с вами лежу! Как же бы он меня встретил? Да не хватайте меня за лицо!

— Боже, со мной сейчас будет обморок.

В это время наверху действительно послышался шум.

— Что бы там было? — прошептал молодой человек.

— Милостивый государь! я в страхе, я в ужасе. Помогите мне.

— Тсс!

— Действительно, душка, шум; целый гвалт подымают. Да еще над твоей спальней. Не послать ли спросить.

— Ну, вот! чего ты не выдумаешь!

— Ну, я не буду; право, ты такая сегодня сердитая!..

— О, боже мой! вы бы шли спать.

— Лиза! ты меня вовсе не любишь.

— Ах, люблю! Ради бога, я так устала.

— Ну, ну! я уйду.

— Ах, нет, нет! не уходите, — закричала жена. — Или нет. идите, идите!

— Да что это ты в самом деле! То уходите, то не уходите! Кхи-кхи! А и вправду спать... кхи-кхи! У Панафидиных девочки... Кхи-кхи! девочки... кхи! куклу я у девочки видел нюренбергскую, кхи-кхи...

— Ну, вот куклы теперь!

— Кхи-кхи! хорошая кукла, кхи-кхи!

— Он прощается, — проговорил молодой человек, — он идет, и мы тотчас уходим. Слышите? радуйтесь же!

— О, дай-то бог! дай-то бог!

— Это вам урок...

— Молодой человек! за что же урок? Я это чувствую... Но вы еще молоды; вы не можете давать мне урока.

— А все-таки дам. Слушайте.

— Боже! я хочу чихнуть!..

151

— Тсс! Если вы только осмелитесь.

— Но что же мне делать? здесь так пахнет мышами; не могу же я; достаньте мне из моего кармана платок, ради бога; я не могу шевельнуться... О, боже, боже! за что я так наказан?

— Вот вам платок! За что вы наказаны, я вам сейчас скажу. Вы ревнивы. Основываясь бог знает на чем, вы бегаете как угорелый, врываетесь в чужое жилище, производите беспорядки...

— Молодой человек! я не производил беспорядков.

— Молчать!

— Молодой человек, вы не можете читать мне про нравственность: я нравственнее вас.

— Молчать!

— О, боже мой! боже мой!

— Производите беспорядки, пугаете молодую даму, робкую женщину, которая не знает, куда деваться от страха, и, может быть, будет больна; беспокоите почтенного старца, удрученного геморроем, которому прежде всего нужен покой, — а всё отчего? оттого, что вам вообразился какой-то вздор, с которым вы бегаете по всем закоулкам! Понимаете ли, понимаете ли, в каком вы скверном теперь положении? Чувствуете ли вы это?

— Милостивый государь, хорошо! Я чувствую, но вы не имеете права...

— Молчать! Какое тут право? Понимаете ли вы, что это может кончиться трагически? Понимаете ли, что старик, который любит жену, может с ума сойти, когда увидит, как вы будете вылезать из-под кровати? Но нет, вы неспособны сделать трагедии! Когда вы вылезете, я думаю, всяк, кто посмотрит на вас, захохочет. Я бы желал вас видеть при свечках: должно быть, вы очень смешны.

— А вы-то? вы тоже смешны в таком случае! Я тоже хочу посмотреть на вас.

— Где вам!

— На вас, верно, клеймо безнравственности, молодой человек!

— А! вы про нравственность! А почем вы знаете, зачем я

здесь? Я здесь ошибкой; я ошибся этажом. И черт знает, почему меня впустили! Верно, она в самом деле ждала кого-нибудь (не вас, разумеется). Я спрятался под кровать, когда услышал вашу глупую походку, когда увидел, что испугалась дама. К тому же было темно. Да и что я вам за оправдание? Вы, сударь, смешной, ревнивый старик. Ведь я отчего не выхожу? Вы, может быть, думаете, что я боюсь выйти? Нет, сударь, я бы уж давно вышел, да только из сострадания к вам здесь сижу. Ну, на кого вы без меня здесь останетесь? Ведь вы будете как пень стоять перед ними, ведь вы не найдетесь...

— Нет, отчего же: как пень? Отчего же как этот предмет? Разве вы не могли с чем другим сравнить, молодой человек? Отчего же не найдусь? Нет, я найдусь.

— О, боже мой, как лает эта собачонка!

— Тсс! Ах, и в самом деле... Это оттого, что вы всё болтаете. Видите, вы разбудили собачонку. Теперь нам беда.

Действительно, собачка хозяйки, которая всё время спала на подушке в углу, вдруг проснулась, обнюхала чужих и с лаем бросилась под кровать.

— О, боже мой! какая глупая собачонка! — прошептал Иван Андреевич. — Она нас всех выдаст. Она всё выведет на чистую воду. Вот еще наказание!

— Ну да: вы так трусите, что это может случиться.

— Ами, Ами, сюда! — закричала хозяйка, — ici, ici.[13]

Но собачка не слушалась и лезла прямо на Ивана Андреевича.

— Что это, душечка, Амишка всё лает? — проговорил старичок. — Там, верно, мыши, или кот Васька сидит. То-то я слышу, что всё чихает, всё чихает... А ведь у Васьки-то сегодня насморк.

— Лежите, смирно! — прошептал молодой человек, — не ворочайтесь! Она, может быть, так и отстанет.

— Милостивый государь, милостивый государь! Пустите мои руки! Зачем вы их держите?

— Тсс! молчать!

---

[13] сюда, сюда (франц.).

— Но помилуйте, молодой человек: она меня за нос кусает! Вы хотите, чтоб я лишился носа.

Последовала борьба, и Иван Андреевич высвободил свои руки. Собачка заливалась от лая; вдруг она перестала лаять и завизжала.

— Ай! — закричала дама.

— Изверг! что вы делаете? — прошептал молодой человек. — Вы губите нас обоих! Зачем вы схватили ее? Боже мой, он ее душит! Не душите, пустите ее! Изверг! Но вы не знаете после этого сердца женщины! Она нас выдаст обоих, если вы задушите собачку.

Но Иван Андреевич уже ничего не слыхал. Ему удалось поймать собачку, и в припадке самохранения он сдавил ей горло. Собачонка взвизгнула и испустила дух.

— Мы пропали! — прошептал молодой человек.

— Амишка! Амишка! — закричала дама. — Боже мой, что они делают с моим Амишкой? Амишка! Амишка! ici! О изверги! варвары! Боже, мне дурно!

— Что такое? что такое? — закричал старичок, вскочив с кресел. — Что с тобой, душа моя? Амишка здесь! Амищка, Амишка, Амишка! — кричал старичок, щелкая пальцами, причмокивая и вызывая Амишку из-под кровати. — Амишка! 1сП кШ Не может быть, чтобы Васька там съел его. Нужно высечь Ваську, мой друг; его, плута, уже целый месяц не секли. Как ты думаешь? Я посоветуюсь завтра с Прасковьей Захарьевной. Но, боже мой, друг мой, что с тобой? Ты побледнела, ох! ох! люди! люди!

И старичок забегал по комнате.

— Злодеи! изверги! — кричала дама, покатившись на кушетку,

— Кто? кто? кто такой? — кричал старик.

— Там есть люди, чужие!.. там, под кроватью! О, боже мой! Амишка! Амишка! что они с тобой сделали?

— Ах, боже мой, господи! какие люди! Амишка... Нет, люди, люди, сюда! Кто там? кто там? — закричал старик, схватив свечку и нагнувшись под кровать, — кто такой? Люди, люди!..

Иван Андреевич лежал, ни жив ни мертв, подле бездыханного трупа Амишки. Но молодой человек ловил каждое движение старика. Вдруг старик зашел с другой стороны, к стене, и нагнулся. В один миг молодой человек вылез из-под кровати и пустился бежать, покамест муж искал своих гостей по ту сторону брачного лоиса.

— Боже! — прошептала дама, вглядевшись в молодого человека. — Кто же вы такой? А я думала...

— Тот изверг остался, — прошептал молодой человек. — Он виновник Амишкиной смерти!

— Ай! — вскрикнула дама.

Но молодой человек уже исчез из комнаты.

— Ай! здесь кто-то есть. Здесь чей-то сапог! — закричал муж, поймав за ногу Ивана Андреевича.

— Убийца! убийца! — кричала дама. — О Ами! Ами!

— Вылезайте, вылезайте! — кричал старик, топая по ковру обеими ногами, — вылезайте; кто вы таковы? говорите, кто вы таковы. Боже! какой странный человек!

— Да это разбойники!..

— Ради бога, ради бога! — кричал Иван Андреевич! вылезая, — ради бога, ваше превосходительство, не зовите людей! Ваше превосходительство, не зовите людей! это совершенно лишнее. Вы меня не можете вытолкать... Я не такой человек! Я сам по себе... Ваше превосходительство, это случилось по ошибке! Я вам сейчас объясню, ваше превосходительство, — продолжал Иван Андреевич, рыдая и всхлипывая. — Это всё жена, то есть не моя жена, а чужая жена, — я не женат, я так... Это мой друг и товарищ детства...

— Какой товарищ детства! — кричал старик, топая ногами. — Вы вор, пришли обокрасть... а не товарищ детства...

— Нет, не вор, ваше превосходительство; я действительно товарищ детства... я только нечаянно ошибся, попал с другого подъезда.

— Да, я вижу, сударь, вижу, из какого подъезда вы вылезли.

— Ваше превосходительство! Я не такой человек. Вы ошибаетесь. Я говорю, что вы в жестоком заблуждении, ваше превосходительство. Взгляните на меня, посмотрите, вы увидите по некоторым знакам и признакам, что я не могу быть вором. Ваше превосходительство! ваше превосходительство! — кричал Иван Андреевич, складывая руки и обращаясь к молодой даме. — Вы дама, поймите меня... Это я умертвил Амишку... Но я не виноват, я, ей-богу, не виноват... Это всё жена виновата. Я несчастный человек, я пью чашу!

— Да, помилуйте, какое же мне дело, что вы выпили чашу; может быть, вы и не одну чашу выпили, — судя по вашему положению, оно и видно; но как же вы зашли сюда, милостивый государь? — кричал старик, весь дрожа от волнения, но действительно удостоверившись, по некоторым знакам и признакам, что Иван Андреевич не может быть вором. — Я вас спрашиваю: как вы зашли сюда? Вы, как разбойник...

— Не разбойник, ваше превосходительство. Я только с другого подъезда; право, не разбойник! Это всё оттого, что я ревнив. Я вам всё расскажу, ваше превосходительство, откровенно расскажу, как отцу родному, потому что вы в таких летах, что я могу принять вас за отца.

— Как в таких летах?

— Ваше превосходительство! Я, может быть, вас оскорбил? Действительно, такая молодая дама... и ваши лета... приятно видеть, ваше превосходительство, действительно, приятно видеть такое супружество... в цвете лет... Но не зовите людей... ради бога, не зовите людей... люди только будут смеяться... я их знаю... То есть я не хочу этим сказать, что я знаком с одними лакеями, — у меня тоже есть лакеи, ваше превосходительство, и всё смеются... ослы! ваше сиятельство... Я, кажется, не ошибаюсь, я говорю с князем...

— Нет, не с князем, я, милостивый государь, сам по себе... Пожалуйста, меня не задабривайте вашим сиятельством. Как вы попали сюда, милостивый государь? как вы попали?

— Ваше сиятельство, то есть ваше превосходительство... извините, я думал, что вы ваше сиятельство. Я осмотрелся... я обдумался — это случается. Вы так похожи на князя Короткоухова, которого я имел честь видеть у моего знакомого, господина Пузырева... Видите, я тоже знаком с князьями, тоже видел князя у моего знакомого: вы не можете меня принимать за того, за кого меня принимаете. Я не вор. Ваше превосходительство, не зовите людей; ну, позовёте людей, что ж из этого выйдет?

— Но как вы сюда попали? — закричала дама. — Кто вы таковы?

— Да, кто вы таковы? — подхватил муж. — А я-то, душенька, думаю, что это Васька у нас под кроватью сидит и чихает. А это он. Ах ты, потаскун, потаскун!.. Кто вы такой? Говорите же!

И старичок снова затопал по ковру ногами.

— Я не могу говорить, ваше превосходительство. Я ожидаю, покамест вы кончите... Внимаю вашим остроумным шуткам. Что же касается до меня, то это смешная история, ваше превосходительство. Я вам всё расскажу. Это может всё и без того объясниться, то есть я хочу сказать: не зовите людей, ваше превосходительство! поступите со мной благородным образом... Это ничего, что я посидел под кроватью... я не потерял этим своей важности. Это история самая комическая, ваше превосходительство! — вскричал Иван Андреевич, с умоляющим видом обращаясь к супруге. — Особенно вы, ваше превосходительство, будете смеяться! Вы видите на сцене ревнивого мужа. Вы видите, я унижаюсь, я сам добровольно унижаюсь. Конечно, я умертвил Амишку, но... Боже мой, я не знаю, что говорю!

— Но как же, как вы зашли сюда?

— Пользуясь темнотою ночи, ваше превосходительство, пользуясь этою темнотою... Виноват! простите меня, ваше превосходительство! Униженно прошу извинения! Я только оскорбленный муж, больше ничего! Не подумайте, ваше превосходительство, чтоб я был любовник: я не любовник! Ваша супруга очень добродетельна, если осмелюсь так вырызиться. Она чиста и невинна!

— Что? что? что вы осмеливаетесь говорить? — закричал старик, снова затопав ногами. — С ума вы сошли, что ли? Как вы смеете говорить про жену мою?

— Этот злодей, убийца, который умертвил Амишку! — кричала супруга, заливаясь слезами. — И он еще смеет!

— Ваше превосходительство, ваше превосходительство! я только заврался, — кричал оторопевший Иван Андреевич, — я заврался, и больше ничего! Считайте, что я не в своем уме... Ради бога, считайте, что я не в своем уме... Честью клянусь вам, что вы мне сделаете чрезвычайное одолжение. Я бы подал вам руку, но я не смею подать ее... Я был не один, я дядя... то есть я хочу сказать, что меня нельзя принять за любовника... Боже! я опять завираюсь... Не обижайтесь, ваше превосходительство, — кричал Иван Андреевич супруге. — Вы дама, вы понимаете, что такое любовь, — это тонкое чувство... Но что я? опять завираюсь! то есть я хочу сказать, что я старик, то есть пожилой человек, а не старик, — что я не могу быть вашим любовником, что любовник есть Ричардсон, то есть Ловелас... я заврался; но вы видите, ваше превосходительство, что я ученый человек и знаю литературу. Вы смеетесь, ваше превосходительство! Рад, рад, что провокировал смех ваш, ваше превосходительство. О, как я рад, что провокировал смех ваш!

— Боже мой! какой смешной человек! — кричала дама, надрываясь от хохота.

— Да, смешной, и какой запачканный, — заговорил старик, в радости, что засмеялась жена. — Душечка, он не может быть вором. Но как он зашел сюда?

— Действительно странно! действительно странно, ваше превосходительство, на роман похоже! Как? в глухую полночь, в столичном городе, человек под кроватью? Смешно, странно! Ринальдо Ринальдини, некоторым образом. Но это ничего, это всё ничего, ваше превосходительство. Я вам всё расскажу... А вам, ваше превосходительство, я новую болонку достану... удивительная болонка! Этакая шерсть длинная, ножки коротенькие, двух шагов пройти не умеет: побежит, запутается в собственной шерсти и упадет. Сахаром только одним кормить. Я вам принесу, ваше превосходительство, я вам непременно ее принесу.

— Ха-ха-ха-ха-ха! — Дама металась из стороны в сторону на

диване от смеха. — Боже мой, со мной сделается истерика! Ох, какой смешной!

— Да, да! ха-ха-ха! кхи-кхи-кхи! смешной, запачканный такой, кхи-кхи-кхи!

— Ваше превосходительство, ваше превосходительство, я теперь совершенно счастлив! Я бы предложил вам мою руку, но я не смею, ваше превосходительство, я чувствую, что я заблуждался, но теперь открываю глаза. Я верю, моя жена чиста и невинна! Я напрасно подозревал ее.

— Жена, его жена! — кричала дама, со слезами на глазах от хохота.

— Он женат! неужели? Вот бы я никак не подумал! — подхватил старик.

— Ваше превосходительство, жена — и она всему виновата, то есть это я виноват: я подозревал ее; я знал, что здесь устроено свидание, — здесь, наверху; я перехватил записку, ошибся этажом и пролежал под кроватью...

— Хе-хе-хе-хе!

— Ха-ха-ха-ха!

— Ха-ха-ха-ха! — захохотал наконец Иван Андреевич. — О, как я счастлив! о, как умилительно видеть, что мы все так согласны и счастливы! И жена моя совершенно невинна! я в том почти уверен. Ведь непременно так, ваше превосходительство?

— Ха-ха-ха, кхи-кхи! Знаешь, душечка, это кто? — заговорил наконец старик, освобождаясь от смеха.

— Кто? Ха-ха-ха! Кто?

— Это та хорошенькая, что глазки делает, с франтиком которая. Это она! Я бьюсь об заклад, что это жена его!

— Нет, ваше превосходительство, я уверен, что это не та; я совершенно уверен.

— Но, боже мой! Вы теряете время, — закричала дама, перестав хохотать. — Бегите, ступайте наверх. Может быть, вы их застанете...

— В самом деле, ваше превосходительство, я полечу. Но я никого не застану, ваше превосходительство; это не она, я уверен заране. Она теперь дома! А это я! Я только ревнив, и более ничего... Как вы думаете, неужели я их застану там, ваше превосходительство?

— Ха-ха-ха!

— Хи-хи-хи! Кхи-кхи!

— Ступайте, ступайте! А когда пойдете назад, так придите рассказать, — кричала дама, — или нет: лучше завтра утром, да приведите и ее: я хочу познакомиться.

— Прощайте, ваше превосходительство, прощайте! Непременно приведу; очень рад познакомиться. Я счастлив и рад, что всё так неожиданно кончилось и развязалось к лучшему.

— И болонку! Не забудьте же: болонку прежде всего принесите!

— Принесу, ваше превосходительство, непременно принесу, — подхватил Иван Андреевич, снова вбежав в комнату, потому что уже было раскланялся и вышел. — Непременно принесу. Такая хорошенькая! точно ее кондитер из конфетов сделал. И такая: пойдет — в собственной шерсти запутается и упадет. Такая, право! Я еще жене говорю: "Что это, душечка, она всё падает?" "Да, миленькая такая!" — говорит. Из сахару, ваше превосходительство, ей-богу, из сахару сделана! Прощайте, ваше превосходительство, очень, очень рад познакомиться, очень рад познакомиться!

Иван Андреевич откланялся и вышел.

— Эй, вы! Милостивый государь! Постойте, воротитесь опять! — закричал старичок вслед уходившему Ивану Андреевичу.

Иван Андреевич в третий раз вернулся.

— Я вот Васьки-кота всё не отыщу. Не встречались ли вы с ним, когда под кроватью сидели?

— Нет, не встречался, ваше превосходительство; впрочем, очень рад познакомиться. И почту за большую честь...

— У него теперь насморк, и всё чихает, всё чихает! Его надо высечь!

— Да, ваше превосходительство, конечно; исправительные наказания необходимы с домашними животными.

— Что?

160

— Я говорю, что исправительные наказания, ваше превосходительство, необходимы для водворения покорности в домашних животных.

— А!.. ну, с богом, с богом, я только об этом.

Вышед на улицу, Иван Андреевич стоял долгое время в таком положении, как будто ожидал, что с ним тотчас же будет удар. Он снял шляпу, отер холодный пот со лба, зажмурился, подумал о чем-то и пустился домой.

Каково же было его изумление, когда дома он узнал, что Глафира Петровна уже давно приехала из театра, уже давно как у ней разболелись зубы, как посылала за доктором, как посылала за пиявками и как она теперь лежит в постели и дожидается Ивана Андреевича.

Иван Андреевич ударил себя сначала по лбу, потом приказал подать себе умыться и почиститься и наконец решился идти в спальню жены.

— Где это вы проводите время? Посмотрите, на кого вы похожи. На вас лица нет! Где это вы пропадали? Помилуйте, сударь: жена умирает, а вас не сыщут по городу. Где вы были? Уж не опять ли меня ловили, хотели расстроить свидание, которое я не знаю кому назначила? Стыдно, сударь, какой вы муж! Скоро пальцами указывать будут!

— Душечка! — отвечал Иван Андреевич. Но тут он почувствовал такое смущение, что принужден был полезть в карман за платком и прервать начатую речь, затем что недоставало ни слов, ни мысли, ни духа... Каково же было его изумление, страх, ужас, когда, вместе с платком, выпал из кармана покойник Амишка? Иван Андреевич и не заметил, как, в порыве отчаяния, принужденный вылезть из-под кровати, сунул Амишку, в припадке безотчетного страха, в карман, с отдаленной надеждой схоронить концы, скрыть улику своего преступления и избегнуть таким образом заслуженного наказания.

— Что это? — закричала супруга. — Мертвая собачонка! Боже! Откуда... Что это вы?.. Где вы были? Говорите сейчас, где вы были?..

— Душечка! — отвечал Иван Андреевич, помертвев более Амишки, — душечка...

Но здесь мы оставим нашего героя, — до другого раза, потому что здесь начинается совершенно особое и новое приключение. Когда-нибудь мы доскажем, господа, все эти бедствия и гонения судьбы. Но согласитесь сами, что ревность — страсть непростительная, мало того: даже — несчастие!..

www.ingramcontent.com/pod-product-compliance
Lightning Source LLC
Chambersburg PA
CBHW010807250626
47156CB00010B/3035